新装版

ほら吹き茂平

なくて七癖あって四十八癖

宇江佐真理

祥伝社文庫

目次

ほら吹き茂平《もへい》

一

朝湯を浴びて湯屋の外へ出た時、眩《まぶ》しい陽《ひ》の光がいきなり茂平《もへい》の眼を射《い》った。茂平は思わず顔をしかめた。季節はすでに秋だというのに、この様子では、日中はかなり暑くなりそうだった。

茂平は腰の手拭《てぬぐ》いをずるりと引っ張り、顔の汗をごしごしと拭《ふ》いた。こう汗が出ては何《な》んのために湯屋に行ったのかわからない。

茂平は汗っかきの質《たち》だった。太めの身体は背丈《せたけ》がないせいもあって信楽焼《しがらきやき》の狸《たぬき》を思わせる。若い頃は豆狸とからかわれたものだが、最近は豆狸よりも古狸と呼ぶ方がふさわしい。もっとも、他人に自分がどう見えようが、茂平はちっとも頓着《とんちゃく》していなかった。

手拭いを使いながら、茂平はつかの間、普請現場《ふしんげんば》で玄能《げんのう》（金槌《かなづち》）を振るう大工職人のことを思った。

茂平は深川《ふかがわ》の吉永町《よしながちょう》で大工職人三人と手元《てもと》（大工見習い）二人を抱える棟梁《とうりょう》である。四十代の頃までは茂平も職人達と一緒に普請現場で働いていたのだが、五十を過ぎた今は現場に顔を出し、仕事の進み具合を確かめるぐらいになった。梯子《はしご》から足を滑《すべ》らせて怪我《けが》でもしたら大変だと職人達が口を揃《そろ》えて言うからだ。年を取れば身体の動きは格段に鈍《にぶ》くなる。屋根から落ちて腰を打ち、歩けない身体になってはおおごとである。茂平はそれもそうかと、五十歳になった年の春に現場から手を引いたが、どうやら職人達は口うるさい茂平を煙《けむ》たく思っていたので、前々から茂平を締め出す口実を考えていたらしい。

それは手を引いた後でわかった。手元の一人がうっかり口を滑らせたのだ。その時はひどく腹が立った。

「くそッ、おれを虚仮《こけ》にしやがって」

茂平は腹立ちのあまり、職人達を殴《なぐ》りつけてやろうかと思った。だが、茂平の女房のお春《はる》が「いつまでもお前さんが現場を仕切っていたんじゃ、若い者が育ちゃしない。いい機会だったんだよ」と宥《なだ》めた。茂平は、お春には弱いので、渋々、怒りを堪《こら》えたのだ。

しかし、茂平は仕事好きな男だったので、身体を動かさない一日が長く感じられて仕方がなかった。湯屋へ行ったり、町内をそぞろ歩いたりして時間を潰《つぶ》すが、それだけでは長い一日が埋《う》まらなかった。

「暇《ひま》だなあ」と独《ひと》り言を呟《つぶや》けば、家族はもちろん、他人までもが茂平のことを結構なご身分だと皮肉な口調で言う。

茂平は自分のことを、ちっとも結構なご身分だなどと思っていない。毎日仕事をしていた頃に感じていた生きる張りもなくなった。このまま年老いて死ぬだけなら、人生なんてつまらないものだと思うばかりである。

茂平が抱えている大工職人の内、一人は茂平の息子だった。息子の小平次《こへいじ》は二十五歳で、今ではすっかり一人前である。女房のお久《ひさ》との間に三人の子供がいて、茂平夫婦と一緒に暮らしていた。小平次は他の職人達を束《たば》ねる器量もそこそこある。だが、茂平にすれば、あれこれ口を出したいことが山ほどあった。

それをぐっと堪えて何も言わないことも、これで結構、茂平の気持ちの負担になっていたのだ。だが、小平次はもちろん、誰もそれを察していなかった。

職人の仕事は何んでも大変なものだが、特に大工職人は人の住む容《い》れ物を拵《こしら》えるのだから仕事そのものが大掛かりである。ただでさえ汗をかくことが多い。それに暑さが加われば、喉《のど》は渇くわ、身体は疲れるわで、予定していた仕上げの日より延びる恐れもあった。

夏の季節は大工職人にとって地獄である。

膚《はだ》が赤銅《しゃくどう》色に灼《や》けるだけでなく、顔や首から伝う汗が腋《わき》の下にあせもを作る。色白の茂平も若い頃は真っ赤になった腋の下に往生《おうじょう》したものである。あせもは季節が秋になるまで容易に治《なお》らなかった。だから茂平は湯屋から出た時、ふと自分の所の大工職人へ同情する気が起きたのだ。だが、そんな自分の気持ちを口にすることも茂平は控えていた。

仕事から戻って来た小平次に、うっかり、「今日は暑くて、てェへんだっただろう」と言おうものなら、小平次は「おうよ。全く安い手間《てま》(賃)でやってられねェよ。親父はいいよな、朝湯を浴びて、町内をそぞろ歩き、かみさん連中にほらを吹いてりゃいいんだからよ」と、悪態《あくたい》を返してくるに決まっていた。

誰に似たのか小平次は皮肉なもの言いをする男だった。時には茂平の頭へカチンとくる。親子喧嘩《げんか》の理由は大抵、小平次のもの言いの悪さと茂平のほらだった。

ほら吹き茂平——いつの頃からか茂平はそんな渾名《あだな》で呼ばれるようになった。別に茂平は人を騙《だま》そうと思っていない。世間話のついでに、ちょいとお愛想《あいそ》をしているに過ぎないのだ。ちゃんと考えたら、茂平の話がうそか本当かわかりそうなものだ。だが、近所の女房連中は血のめぐりが悪いので、つい、茂平の話をまともに取り、後で「ひどいよ、親方は。あたしを騙したんだよ」と、お春に文句を言うのだ。

昨日も近所の下駄職人の女房が、さも肝《きも》が焼けたという顔でお春に告げ口しに来ていた。

茂平が通りを歩いていた時、買い物に行く途中の下駄職人の女房と出くわした。おすがという四十がらみの女房は「親方、こんにちは。いいお日和《ひより》ですねえ」と愛想を言った。

茂平は「あいあい」とおざなりに応えたが、その時、たまたま、おすがの足許《あしもと》に荒縄《あらなわ》が落ちているのに気づいた。大八車《だいはちぐるま》で荷を運んでいた人足《にんそく》が落として行ったのだろう。荒縄は埃《ほこり》にまみれて黒っぽくなっていた。それが茂平には細い蛇のようにも見えたので「おすがさん、蛇だ」と言ったのだ。

さあ、おすがの驚いたの何んのって、その場でたたらを踏むように足をばたばたさせた。

「あ、蛇じゃねエ、荒縄か。びっくりしたぜ」

茂平は平然として続けた。おすがは凄《すご》い目つきで茂平を睨《にら》み、そのまま、ものも言わずに去って行ったが、気が済まなかったらしく、翌日にはやって来た。

お春は「すみませんねえ。うちの人はいつもあの調子なんですよ。まともに取らないで下さいな。あたしなんて、お嫁に来てからこっち、ずっと騙され っ放《ぱな》しなんですからね」と、気の毒そうな顔で謝った。

騙されっ放しって何んだ。茂平は、おすがとお春のやり取りを茶の間で聞きながら、むっとしていた。

ほらを吹くと言ってもその程度のことなのに、どうして世間の連中は目くじらを立てるのだろう。茂平はそれが不思議でたまらなかった。

お春は、普段はおとなしい女である。人の話を親身になって聞いてやるので、近所の女房連中からも頼りにされていた。それで家にはしょっちゅう、人がやって来る。やれ、青物を貰《もら》ったからお裾《すそ》分《わ》けに来ただの、煮物をたくさん拵えたから、食べとくれだのと丼《どんぶり》を携《たずさ》えて来て、一刻《いっとき》（約二時間）ほども下らない世間話に花を咲かせる。お春もお久が嫁に来てから、ようやく少し暇ができたが、外へ出かけるのを好まない女なので、近所の女房達とお喋《しゃべ》りをして楽しんでいた。

茂平はお春に女房連中を家に寄せるな、とは言ったことがない。少し煩《わずら》わしいが、お春のささやかな楽しみまで奪うつもりはなかった。本当に煩わしい時は、ふらりと外に出ることにしている。女房どもは茂平が文句を言わないものだから、その気になって、毎日のようにやって来るのだ。

外へ出て、また一人、お春目当てにやって来ようとしている女房が「親方、お早《はよ》うございます。これからちょっと親方の所へお邪魔しようと思っていたんですよ。おかみさんはいらっしゃいますよね」と、嬉《うれ》しそうに訊《き》くと、茂平は、ああだこうだと応えるのが面倒臭く「お春は死んだ」と言って、その場をやり過ごしてしまう。女房はうそだとわかっていても、一瞬、呆気《あっけ》に取られて言葉に窮《きゅう》する。

後でお春から「お前さん、言うに事欠いて、あたしを殺すこともないでしょうが。縁起でもない」と眼を吊《つ》り上げて叱《しか》られることになる。

茂平は、やはり大工職人だった父親に仕込まれてこの仕事に就《つ》いた。十二歳の時からだから、四十年近く働いたことになる。

父親は請負《うけおい》大工だったが、仕事にあぶれることが多かった。だいたい、父親は、ひとつ仕事を頼まれたら、それに集中して先のことを考える余裕がなかった。だから、次の仕事が決まるまで、ひどい時にはひと月も間が空くことがあった。材木屋に材料代を払い、使っていた職人に手間賃を払ったら、父親の取り分がなかったなんてこともざらだった。

両親は金が原因で夫婦喧嘩が絶えなかった。とうとう、茂平が十五歳の時、母親は実家に帰ってしまった。そのまま両親は離縁した。

あの時のやり切れない気持ちを思い出すと茂平は今でも涙ぐみそうになる。先のことを考えない父親も愚かだが、そんな父親を支え切れない母親にもがっかりした。

母親がいなくなった家は以前にもまして荒《すさ》んだ。父親は母親がいなくなった寂しさで酒浸《びた》りになり、挙句《あげく》に床《とこ》へ就く羽目《はめ》となった。

茂平は父親の看病と金のなさに疲れた。給金の不安定な大工職人にも愛想が尽きた。それで近所に住む姉に相談に行くと、姉のおふくは、ここまで茂平が修業した年月がもったいないと反対した。いつかきっと笑って思い出話ができる日も来るから、ここは辛抱《しんぼう》しろと茂平を励ました。

おふくは姑《しゅうとめ》に許しを貰い、日中は父親の看病を引き受けてくれた。おふくの連れ合いも茂平が仕事をできるよう、よその大工の親方へ口を利《き》いてくれた。しかし、ひと息ついたはずなのに、茂平の気持ちは暗く沈んだままだった。生きる張りがちっとも湧《わ》いてこない。このままでは、自分は乱心してしまうのではないかと本気で思った。

そんな時、仕事仲間の金助《きんすけ》という男が何かと茂平の気持ちを引き立ててくれた。金助は茂平より十《とお》も年上だったが、現場では冗談を言いながら仕事をしていた。玄能で釘《くぎ》を打つ時も「あ、とんとん、とんからりんのとんとん」と合《あい》の手《て》を入れる。

金助は腕がよかったから、親方の指示で現場を掛け持ちすることも珍しくなかった。午前中は本所《ほんじょ》の現場で、午後からは深川の現場という具合だった。だから、たまたま仕事を頼んだ建て主がやって来て「ちょいと見慣れない顔だねえ。あんた誰だい」と、うさん臭い眼で金助に訊くこともあった。職人に化《ば》けて材木を盗むかっぱらいもいたから、建て主は警戒したのだろう。

「へい、おいらは通りすがりのかっぱらい、じゃなくて、通りすがりの大工でさァ」と金助は応える。一瞬、ぎょっとした建て主の顔を見て金助は「えへへ」と悪戯《いたずら》っぽく笑った。

聞いていた茂平も愉快な気持ちになったものだ。

金助は仕事を終えると茂平を気軽に居酒屋へ誘ってご馳走《ちそう》してくれた。金助はその時も安酒を「おィ、親仁《おやじ》。灘《なだ》の極上酒《ごくじようしゆ》二升」などと注文した。二合を桁上《けたあ》げして言っていたのだ。

酒のあてのするめも「刺身の干《ほ》したの」になったし、沢庵《たくあん》は「長屋の花見」と言った。

落語では、沢庵は卵焼きの代わりだった。

金助の与太話《よたばなし》も愉快だった。世が世なら、自分は旗本の御曹司《おんぞうし》だと平気で言う。旗本という言葉が出る時は、なぜか懐《ふところ》から破れた扇子《せんす》を取り出し、それを三分《ぶ》ほど拡げて、後ろ襟《えり》のところに差し込んだ。そうすると、本当に旗本みたいに見えるから不思議だった。

金助をほら吹きだとか、大風呂敷とは、茂平は思わなかった。楽しくさせてくれる金助が、茂平には、ただただありがたかったのだ。

その内に茂平は金助にあやかりたいと思うようになった。家に戻れば疲れた表情をしたおふくが「ごはん、できてるからね。じゃ、姉ちゃんは帰るよ」と暗い顔で言う。茂平の心も暗くなった。つかの間でもおふくの笑顔が見たかった。

ある日、いつものように帰るおふくに「お疲れさん。姉ちゃん、お父っつぁんはまだ死なねェかい」と言ってみた。途端、茂平は頰《ほお》を張られた。

「何んてことを言うんだ、この罰《ばち》当たりが！」

おふくは眼を吊り上げて怒鳴った。

茂平の最初の試みは見事に失敗した。

だが、父親がそれから三ヵ月後に眠るように息を引き取った。看病から解放されたおふくは人前で盛大に泣き、弔問《ちょうもん》客の同情を買った。おふくの嘆《なげ》きようがあまりに大袈裟《おおげさ》に見えたので茂平は白《しら》けた。それで「鬼の眼にも涙だな」と、茂平がぽつりと言うと、おふくは涙だらけのぐ、ち、ゃ、ぐ、ち、ゃになった顔で「何よ、何んなのよ。あんたにあたしの気持ちがわかるもんか」と怒鳴り、茂平に座布団を投げつけた。

「おィ、恐ろしや。鬼が正体を現したぜ」

怯《ひる》まず言った茂平に、その場にいた客は爆笑した。

茂平が人を喰ったようなことを喋るようになったのは、その時からだったと思う。悲しいことも苦しいことも冗談やほらに紛《まぎ》らわしていれば気持ちは落ち込まない。

茂平は、それからの生きる術《すべ》を見つけたのだった。

二

お春は料理茶屋の改築工事をした時、その見世《みせ》で女中をしていた。さっぱり愛想がなく、口数も少ない女だった。相手が黙っていれば、いつまでも黙っている。見世の主《あるじ》もお内儀《かみ》も、お春の真面目な仕事ぶりは認めていたが、内心では客商売に向かない女だと思っていたようだ。それで、茂平が独り者だと知ると、お春を押しつけてきた。

頼んでもいないのに深川八幡《はちまん》の縁日へ行く段取りをつけられ、茂平はいやいやお春と出かける羽目となった。

お春はよそゆきの着物に着替え、髪も調《ととの》え、いつもより女ぶりは上がって見えた。細身の身体は茂平好みだったが、お春が何も喋らないので、茂平も黙ったままだった。

水茶屋に入っても、お春は唇を真一文字に引き結び、にこりともしない。

茂平は話の接《つ》ぎ穂《ほ》に困り、時々、自分の猪首《いくび》に手をやった。お春は行儀よく茶の入った湯呑《ゆのみ》を口に運んでいたが、茂平とは眼を合わそうともしなかった。お春も旦那やお内儀に言われて渋々、茂平と出かけることを承知したのだろう。どうせ二人が出かけるのはこれが最初で最後だろうと思うと、例の悪戯心がむくむくと頭をもたげた。おとなしいお春の慌《あわ》てた顔も見たいと思った。

「お春さん、その茶に毒が入っているかも知れねェよ」

茂平はぼそりと言った。お春はその拍子に気の毒なほど慌て、ぶうっと口に含んでいた茶を噴《ふ》き出した。

間《ま》の悪いことに傍《そば》に座っていた羽織姿の男の顔へ、まともにそれを浴びせてしまった。

「すみません、すみません。ご無礼を致しました。平《ひら》にお許し下さいませ」

お春は平身低頭して客に謝り、持っていた手巾《しゅきん》で客の濡れたところを拭いた。見世の茶酌女《ちゃくみむすめ》もお春に手を貸してくれた。

当の客は鷹揚《おうよう》な男だったので「なになに」と応えて、さして怒る様子は見せなかった。だが、茂平を哀《あわ》れな目つきでちらりと見ていた。

「すまなかったな」

茂平は一応、お春に謝った。

「いいえ。粗相《そそう》をしたのはあたしなんだから、それはいいですよ。でも、どうしてあんなことを言ったの？」

お春は怪訝《けげん》な眼で訊いた。よその客に茶を浴びせたことがきっかけで、お春はようやく茂平と口を利く気になったようだ。お春は茂平より一寸（約三センチ）ほど背が高かった。水茶屋の床几《しょうぎ》に二人は並んで座っていたが、話をする時、心持ち、茂平の顔を覗《のぞ》き込むような形になった。

「どうしてって……お春さんが何も言わねェから、ちょいとお愛想のつもりで」

茂平はもごもごと言い訳した。

「あたし、本当は笑い上戸《じょうご》なの。今度から妙なこと言わないでね」

お春は初めて茂平に笑顔を見せた。茂平は途端に嬉しくなった。愛想のない女と思っていたお春が笑い上戸だというのも嬉しい発見だった。

「怒っていねェのかい」

「ええ……」

「そうかい……おれはまた、お春さんが旦那やお内儀さんに言われて、無理しておれと一緒に縁日に出かけたと思っていたから、おもしろくねェのかなあと思っていたのよ」

「それはあたしの台詞《せりふ》よ。茂平さんこそ迷惑だったでしょう?」

お春は上目遣《うわめづか》いで茂平に言う。

「どうしてそう思う」

茂平はお代わりの茶を口に運びながら訊いた。

「だって、あたしは二十歳《はたち》になるのに、今まで、これと言った縁談に恵まれなかったの。十五で本所の柳島村《やなぎしまむら》から出て来て、それからずっとお見世に奉公していたのよ。口減らしのために奉公に出たようなものなの。親は小作の百姓をしていて、いっつも貧乏していた。あたし、お嫁に行くのなら百姓の家はいやだと思っていたの。決まった給金が入るお店《たな》奉公の人か、職人さんと一緒になりたいと思っていた。だけど、そういう人は、うちの見世の客になんてなれない。それでこんな年になっちまったの。あたしが二十歳になったと知って、ようやく旦那さんとお内儀さんは何んとかしなけりゃならないと思ったらしいの。多分ね……」

お春は独り言のように喋った。

「二十歳がこんな年かい」

茂平は苦笑した。

「だって、当たり前の娘なら十七、八でお嫁に行くじゃないの。ううん、十五でお嫁に行く人もいるよ」

お春は世間体に囚《とら》われていると茂平は思った。

「年なんて関係ねェよ。男と女がお互い相手を気に入れば、それでいいのさ」

珍しく茂平はまともなことを言った。

「茂平さんは、あたしでもいいってこと？　おかみさんにしてくれる気持ちがあるの？」

お春は緊張して、つっかえ気味に訊いた。

「ああ。お春さんさえよけりゃ、おれは構わねェよ。ただし、貧乏がいやだから大工職人の男を選ぶってのは困るぜ。大工だって貧乏と背中合わせで暮らしているんだからな」

茂平は釘を刺した。お春は眼をいっぱいに見開き、こくんと肯《うなず》いた。

それで二人が祝言《しゅうげん》を挙げることになったのだから、男女の仲はわからない。

茂平は、お春がものすごく好きだった訳ではない。あれこれ考えるのが面倒臭かっただけだ。お春さんさえよけりゃ一緒になってもいいと言ったのも口から出まかせだった。だが、それをお春には言わなかった。お春はその時、茂平の性格をまだよくわかっていなかった。茂平の性格を呑《の》み込んでいたら、お春は決して一緒になるとは言わなかっただろう。

だが、ひとつ屋根の下で暮らすと、不思議なもので茂平はお春に対して情《じょう》を感じるようになった。お春は口うるさいおふくに対しても利口に立ち回り、波風を立てない女だった。近所の女房達ともすぐになかよしになった。そのお蔭《かげ》で茂平の仕事のきっかけが生まれることもあった。茂平はお春のために必死で働き、曲がりなりにも棟梁と呼ばれる立場になったのだ。今でも家族の中で誰よりもお春がいいと茂平は思っている。息子や孫よりもお春がよかった。そんな茂平を他人は相変わらず妙な男だと思っているらしい。

小平次の下には娘が二人できたが、二人ともすでに片づいている。嫁入り仕度《じたく》はお春に任せ切りで茂平は何もしなかった。茂平は息子の家族と同居しながら、代わりばえのない毎日を過ごしていた。

三

朝湯を浴びた後、町内をそぞろ歩いた茂平は一旦、家に戻った。昼めしを食べてから深川の山本町《やまもとちょう》へ行って、そろそろ手直しの必要な家に顔を出そうか、それとも町内の自身番で裏店《うらだな》の差配《さはい》や岡っ引きと話をして、仕事に繋《つな》がりそうな話を引き出そうかとも考えていた。

家に戻ると、茶の間には客がいた。十七、八の娘と、その母親らしい中年の女が火鉢の傍でお春と話をしていた。小平次の嫁のお久も茶を出したり、茶請けの菓子を勧《すす》めたりしながら一緒にいた。お久は子供を産む度《たび》に肥《こ》えて、顔の幅はお春の倍ほどあった。だが、お春とは存外うまく行っている嫁だった。

茶の間に孫の姿が見えなかったのは、外へ遊びに行かされたのだろう。

「棟梁、お邪魔しております」

中年の女は茂平に気づくと、慌てて頭を下げた。娘もおざなりに頭を下げる。二人とも見慣れない顔だったが、着ている物は結構、上等だった。いい身代《しんだい》の家の親子だろうと当たりをつけた。

「お前さん、こちら山本町の清水屋《しみずや》さんのお内儀さんとお嬢さんですよ」

お春は如才《じょさい》なく二人を紹介した。清水屋は、二、三年前、茂平が増築を請け負った質屋《しちや》だった。その時、お内儀とは何度か顔を合わせていたはずだが、茂平はすっかり忘れていた。まして娘がいたことには気づかなかった。

「そうですかい。いや、その節はお世話になりやした。そいで、本日は何か造作《ぞうさく》のご用でもありやしたかい」

茂平は意気込んで訊いた。

「違うんですよ。お内儀さんは、お嬢さんのことで相談に見えたんですよ」

お久が早口で口を挟《はさ》んだ。何んだつまらねェ。それなら自分は用なしだ。他人の相談事はお春に任せている。

「そいじゃ、おれは邪魔になるから、外で蕎麦《そば》でもたぐってくらァ」

茂平は腰を浮かせて言った。

「いいえ。棟梁にも聞いていただきたいのですよ。この娘は十九になるのに、さっぱり嫁に行く気を起こさないんですよ」

お内儀はくさくさした表情で言う。茂平は黙って煙管《きせる》に手を伸ばした。興味のない話だった。

「この子の父親が猫可愛がりして、すっかり我儘《わがまま》になってしまったんですよ。嫁に行きたくなけりゃ、ずっと家にいろなんて言うもんですから、この子もその気になって、お友達が祝言を挙げても慌てるそぶりすら見せないんです」

「ひとり娘さんですからねえ、旦那さんのお気持ちもわかりますよ。それに、こんなに可愛らしいんじゃ、無理もありませんよ」

お春の愛想に娘は恥ずかしそうに袖《そで》で顔を覆《おお》った。傍でお久も相槌《あいづち》を打つ。だが、それほどの器量ではないと、茂平は娘をちらりと見て思った。娘の身体は細身で姿はまあまあで、結い立ての髪に高価そうな簪《かんざし》を挿《さ》している。

客が流した品物を娘はねだり取ったのだろうと、茂平は当たりをつけた。

だが、娘の顔は四角く、鰓《えら》が張っていた。眼と眼の幅がやけに広い。鼻は細いが、口許は笑えば歯茎が剝《む》き出しになる。

親の欲目で可愛い可愛いと毎度言ってるものだから、娘もその気になっているふしが感じられた。まあ、上等な着物を着せ、髪を結い、化粧でもしていれば、年頃の娘はそれなりに見えるものだ。

「あんた、嫁に行く気は、はなっからねェのかい」

茂平は白い煙を吐きながら娘に訊いた。

「お袖《そで》さんですよ。あんたなんておっしゃっちゃ失礼ですよ」

お春はさり気なく窘《たしな》める。

「よろしいんですよ」

お内儀は鷹揚に笑った。よく見ると、お袖の顔は母親と瓜二《うりふた》つだった。年を取ったら横の母親と同じ顔になるのだろうと思うと、茂平は可笑《おか》しくって声を上げて笑った。

「な、何が可笑しいんですよ。そんな大声上げて笑うなんて」

お春は慌てて茂平を制した。

「いや、お袖さんはお内儀さんとそっくりだなあと思ったんですよ。お袖さん、おっ母《か》さんの顔をようく見な。二十年後のあんたは、この顔になるんだよ」

茂平がそう言うと、お袖はまじまじと母親の顔を見て「違うもの。あたし、こんな顔にならないもの」と、気分を害した声で言った。

「こんな顔とはご挨拶《あいさつ》だねえ。そうそう、お袖はあたしのようなおへちゃじゃありませんよ」

お内儀は宥めるように言う。お春が微妙な目配せを送ってきたが、茂平は知らぬそぶりをして「お袖さんは、どんな所へ嫁に行きたいと思っているんだい」と訊いた。

「そうね、お嫁に行った友達は、皆、娘の頃がよかったって愚痴《ぐち》ばかりなの。お姑さんは意地悪だし、朝から晩まで働きづめで、ろくに息抜きもできないそうなの。おまけに子供ができたら、なおさら忙しくて、お花見もお芝居見物もできないそうよ。あたし、そんなのいやだと思って……」

お袖は甘えたような口調で応えた。ご大層な望みである。なるほど清水屋夫婦は娘の育て方を間違ったと思う。

「そいじゃ、いつまでも独りでいるこった」

茂平は憮然《ぶぜん》とした表情で言った。

「お前さん！」

お春の声が尖《とが》った。お袖も母親も驚いた顔で茂平を見ている。

「おれの所に縁談の世話を頼むつもりで来たのかい。あいにく、それはお門《かど》違いだぜ。いいかい、あんた、嫁に行っても実家にいる時と同じようにぬくぬく暮らす魂胆《こんたん》をしているようだが、そいつはちょいと甘《あ》めェ。そんな娘を誰も嫁に貰いてェとは思わねェよ」

茂平は構わず続けた。

「そんなことありません。相模屋《さがみや》のおふさちゃんは浅草《あさくさ》の佃煮屋さんに嫁いで、そりゃあ倖《しあわ》せに暮らしている。ご亭主はおふさちゃんを大事にしてくれて、いつも季節の変わり目には着物や帯を誂《あつら》えてくれるし、お芝居見物も欠かさないそうよ」

お袖は悔しそうに口を返した。

「相模屋のおふさって？」

茂平はお春に訊いた。年頃の娘の顔なんて、いちいち覚えていなかった。

「ほら、お舅《とう》さん。東平野町《ひがしひらのちょう》の醤油《しょうゆ》屋の娘さんですよ。深川小町って呼ばれるほどのきれいな娘さんでしたよ」

お久が訳知り顔で茂平に教えた。

「あ、ああ」

茂平は思い出した。浮世絵に描かれるほどのきれいな娘だった。

「あれなら無理もないよ」

「あれならって、あたしじゃ駄目なんですか」

お袖は不満そうに言う。茂平は言葉に窮した。お袖は相模屋のおふさと自分を対等な立場で考えている。自分を買い被《かぶ》っているお袖が茂平には哀れに思えた。

「あのよ……」

茂平は煙管の雁首《がんくび》を火鉢の縁《ふち》へ打ちつけて灰を落とすと、おもむろにお袖へ向き直った。

「お袖さんは沢庵を食べるだろ？」

茂平はそんなことを言い出した。四人の女達は不思議そうに、じっと茂平の口許を見ている。

「漬物樽《だる》から出し立ての沢庵はこたえられねェ味だ。糠《ぬか》を落として、さっと水で洗い、包丁で切って丼に盛るんだ。頭から尻尾《しっぽ》まである沢庵はどこが一番うまいと思う？」

茂平は謎掛けのようにお袖へ訊いた。

「それは頭の方だと思います」

お袖はおずおずと応えた。

「おうよ。頭だ。それも頭からちょいと下のところだ。形もいいし、何より味がいいわな。だが、嫁に行って、そこの家の者と膳を並べるとなったら、嫁は沢庵のどこへ箸を伸ばしたらいいんだろうな」

茂平の言葉にお袖は母親と顔を見合わせた。

それから「尻尾の方」と渋々応えた。

「おうよ。お袖さんはまんざら馬鹿でもねェ。ところが乳母日傘《おんばひがさ》で育った大店《おおだな》の娘は女中が日頃から一番うまいところを食べさせようとする。娘もそれを当たり前だと思って口にする。その娘が嫁に行ったのよ。そして、漬物丼が出された時、娘は涼しい顔で沢庵の一番うまいところに箸を伸ばしちまった。その娘、どうなったと思う?」

「わかりません。叱られたんですか」

「いいや、そんな生易《なまやさ》しいもんじゃなかった。家の流儀に合わない嫁だと、可哀《かわい》想《そう》に離縁されちまったのよ」

「たかが沢庵ひと切れで……」

お袖は呆れたように言った。

「たかがじゃねェのよ。沢庵ひと切れでも、親の育て方が出るのさ。だからな、お袖さんも手前《てめ》ェを戒《いまし》めて、覚悟を決めなきゃ、いつまで経っても嫁に行けねェよ。いい亭主と出会えば、苦労なんて屁《へ》の河童《かっぱ》よ」

茂平は懇々《こんこん》とお袖を諭《さと》したが、お袖は「苦労するのはいや」と繰り返すばかりだった。

茂平はため息をつき「お内儀さん、悪いがあんた達の相談にゃ乗れねェよ。もっと親身に話を聞いてくれる人の所へ行ってくれ。おれァ、お手上げだ」と、低い声で応えた。

「あたしのどこが駄目なんですか」

お袖は切り口上で怯まず訊く。

「どこがって、どこもかしこもよ。そもそも了簡《りょうけん》がなっちゃいねェ。あのよ。美人はそれを鼻に掛けて手に負えねェって言うが、おれはそう思わねェよ。本当の美人は手前ェのことを、ちっとも美人だと思っちゃいねェのよ。上には上があることを知っているんだ。中途半端な女が一番いけねェ。勘違いしている者ばかりだ」

途端、お袖は腰を折って、わっと泣き伏した。お春とお久はおろおろして、どう慰めていいかわからない態《てい》だった。

お内儀も腹を立てて席を立つかと思ったが、意外にもそうではなかった。

「棟梁、よくおっしゃって下さいました。確かにこの子は勘違いしておりましたよ。そうさせたあたしらも悪かったんです。そうですよ、上には上がある。嫁に行って苦労したくない、物見遊山《ものみゆさん》や芝居見物をさせてくれる家でなきゃいけないなんて……開いた口が塞《ふさ》がりませんよ。この、唐変木《とうへんぼく》、すっとこどっこい、世間知らずの業晒《ごうさら》し、へちゃむくれ！」

お内儀は長年のうっぷんを晴らすかのようにまくし立てた。母親の剣幕に驚いたお袖は泣きながら「おっ母さん、堪忍して。おっ母さん、そんなこと言わないで」と縋《すが》る。

茂平の家の茶の間は修羅場となった。小半刻《こはんとき》（約三十分）後、眼を真っ赤に腫《は》らしたお袖は夜叉《やしゃ》のような顔をしたお内儀とともに、よろよろと帰って行った。

「おっ姑《か》さん、すごかったですねえ」

お久はため息交じりに言った。

「ああ。でも、あの娘にはいい薬になったと思うよ。お前さん、沢庵の話はどこのお店のお嬢さんのことだえ」

お春は感心した様子で茂平に訊く。

「ん？」

「だから、どこのお嬢さんが沢庵の食べ方のせいで離縁されちまったのさ」

お春は茂平に話を急《せ》かした。

「どこって、お前《め》ェ……」

茂平が言葉に窮すると、お春とお久は顔を見合わせ、その後で同時にぷッと噴いた。

「また例のほら話なんだね。こっちまで、すっかり騙されちまったよ。ああ、ばかばかしい」

お春は白けた顔で言った。

「でも、おっ姑さん。お舅さんの話は真に迫っていましたよ。とてもほらとは思えなかった」

お久は気を遣って茂平を持ち上げる。ちょいと太っているが、いい嫁だと茂平は思う。器量だって清水屋の娘より格段に上だ。小平次が見初《みそ》めたのも無理はない。

「別におれァ、ほらを吹いたつもりはねェわな。そういうことも世間じゃあるかも知れねェなあと思っただけよ」

そう応えると、お久は「ある、ある」と弾《はず》んだ声で相槌を打った。

「さあて、お昼にしようかね。すっかり遅くなっちまった。お前さん、お茶漬けでいいね」

お春は茂平の返事を待たずに腰を上げ、台所へ引っ込んだ。お久も客の使った湯呑をそそくさと片づけ始めた。

四

昼めしを済ませた茂平は山本町の自身番へ足を向けたが、その途中、三好町《みよしちょう》で小間物屋を商《あきな》っている年寄りの女が、裏の物置が古くなって雨漏りがするので、親方、新しく建て直してくれと声を掛けてきた。三好町は吉永町の隣りの町だった。

どれどれと様子を見に行くと、なるほど店の裏手にある物置は屋根に穴が開いているし、羽目板も腐り、おまけに半分傾《かし》いでいた。

物置には炭俵だの、漬物樽だのを置いていたが、大風でも吹いたら、たちまち潰れてしまいそうだった。「ようがす」と茂平は快《こころよ》く引き受けた。物置を建てるぐらいは三日もあればけりがつく。小平次に大工職人一人と手元一人を回して貰い、物置を建てさせようと茂平は胸で算段した。

仕事から帰って来た小平次に、さっそくその話をすると「駄目駄目。今の現場は仕上げの日が決められていて、人を回す余裕はねェわな。悪いが断ってくんな」と、にべもなく応えた。

「断れって何んだ。のとやの婆さんは、独り者の倅《せがれ》が触れ売りに出ている間、一生懸命に店を守っているんだ。可哀想じゃねェか。おれを見込んで頼むと頭を下げたのに、あっさり断れるもんけェ。手前ェも情のねェ男だな」

茂平は声を荒らげた。のとやは小間物屋の屋号だった。お内儀のおさつは七十近い年になっているはずだった。

「そいじゃ、親父がやりゃあいいじゃねェか。なあに、けちな物置ぐれェ朝めし前だろうが」

小平次は皮肉な口調で言う。

「けちな物置たァ、何んだ。もの言いの悪《わ》りィ男だ」

「そいじゃ何んと言うのよ。豪勢な物置けェ？」

小平次はそう言ってケケケと笑った。茂平はむかっ腹が立ち、小平次に平手打ちを喰らわせようとしたが、小平次はその前にするりと体《たい》を躱《かわ》した。

「親父、乱暴はいけねェよ」

小平次はしゃらりと応えると「湯屋に行ってくらァ」と続け、上の坊主と二番目を連れて外へ出て行った。

「お舅さん、すいません」

お久は大きな身体を小さくして謝った。

「お久が謝ることはねェ。ようし、そういうことなら、おれが物置を拵えるわ」

茂平は決心して言った。

「お前さん一人で？」

お春は驚いた顔で訊く。

「仕方がねェだろうが。こちとら二つ返事で引き受けたんだ。今さら断れるもんけェ」

「だって、一人じゃ、絶対無理だよ。材木を運ぶ時だって人手がいるだろうし、せめて手元がいなくちゃ」

手元は一人前になるまで兄弟子の仕事ぶりを眺めながら材木を運んだり、高い所にいる兄弟子に必要な物を渡したり、散らかった鉋《かんな》くずを掃《は》き寄せたりして雑用をこなす。それを何も彼《か》も茂平一人でやるのは無理だとお春は言いたいのだ。

「どうせ、おれァ、半分、隠居の身だ。他の用事がある訳じゃなし、三日が半月になろうが構やしねェ」

茂平は破れかぶれで言った。

「お舅さん、あたしが手元をやります」

その時、お久が決心を固めたように口を挟んだ。それにはお春より茂平の方が驚いた。

「お前ェは女だ。女に大工の手元はつとまらねェ」

茂平は慌てて制した。

「あたしは大工の娘で、大工の男の女房になったんです。仕事のことはまんざら知らない訳じゃない。手元ぐらいできますよ」

お久は怯まなかった。お久の実家の父親はとうに亡くなっているが、茂平と同様に大工職人をしていた男だった。

「お久ちゃん、本気なのかえ」

お春も信じられない顔で訊く。

「ええ、もちろん。亭主の不始末を女房のあたしが片づけるのは当たり前ですから」

「そんな不始末って……」

お春はどうしていいかわからない様子で茂平を見る。

「よし、お久は明日からおれの手元だ。台所仕事も子供の世話もお春に任せろ。後は何もしなくていい。首尾よく行った暁《あかつき》にゃ、お久、手間賃は山分けだ。小袖でも鼈甲《べっこう》の櫛《くし》でも買いな」

「きゃあ、嬉しい！」

お久は甲高《かんだか》い声を上げた。

「ちょいと、あたしはどうなるのさ。お久ちゃんの不足を補うあたしは」

お春は不満そうだ。お久は、はっと気づいたように笑顔を消し「お舅さん、三等分にしましょうか」と案を出した。

「そ、そうだな」

茂平が応えると、お春は愉快そうに笑った。

「冗談だよ。お久ちゃんが女だてらに手元をすると決心したんだ。稼いだ手間賃はお久ちゃんのものだよ」

お春は鷹揚に言う。お久は安心したように丈夫そうな歯を見せて笑った。

とは言え、小平次には、お久が茂平の手元をすることは内緒にした。納得する訳がない。

お久は小平次が弁当を持って家を出ると、すぐさま紺《こん》の股引《ももひき》に印半纏《しるしばんてん》を羽織り、手拭いをあねさん被《かぶ》りにして仕度する。その恰好《かっこう》はいただけないが、四《し》の五《ご》の言ってる場合ではなかった。

まずは古い物置の解体だった。いったい何十年前に建てた代物だろうか。根太《ねだ》はとうに弛《ゆる》み、蟻《あり》が巣を作っていた。

「お舅さん、触《さわ》ればどこもかしこも崩れそうで、今まで保《も》っていたのが不思議なくらいですね」

お久は埃除《ほこりよ》けに鼻と口を手拭いで覆っていたので、ふがふがと聞こえる声で言った。

「だな。お久、古材は隅にまとめて重ねて置け。のとやの婆さんは古材を湯屋に売ると言っていたからよ」

「はい」

お久は身体の割にいい動きをした。だいたい、じっとしていない。気がつけば茂平に言われる前に自分のするべき仕事を見つけている。茂平が使っている手元は気が利かない連中で、しょっちゅう、小平次に怒鳴られていた。

「お久。お前ェ、男だったら、いい大工になっていたぜ」

茂平はお世辞でもなく言った。

「あら、お舅さんに褒《ほ》められた。嬉しいな」

お久は無邪気に喜ぶ。

「何んで小平次みてェな融通《ゆうずう》の利かねェ男の嫁になったんだか、つくづくわからねェ」

茂平は古材を放り出しながら独り言のように言った。お久は茂平が古材を放り出すそばから丁寧に隅へ重ねる。その手際もよかった。

「あたしのお父っつぁんは早くに死んじまったけど、子供が八人もいて、おっ母さんはとても苦労してあたし達を育ててくれたんですよ」

「ああ、それは聞いていたぜ」

「お父っつぁんが死んだ時、お祖父《じい》ちゃんやお祖母《ばあ》ちゃんはまだ六十前だったから元気だったのよ。それはいいのだけど、おっ母さんはお祖父ちゃんとお祖母ちゃんに、まるで女中のような扱いをされていた。おっ母さん、いつも泣いていたの。それでね、あたしには口が酸《す》っぱくなるほど、舅、姑がお前を可愛がってくれる家にお嫁に行けって言っていたのよ。親の意見となすびの花は千に一つも無駄がないって言うでしょう?」

「へ」

茂平は苦笑して鼻を鳴らした。

「うちの人が我儘なのは先刻承知之助《せんこくしょうちのすけ》だった。でも、うちの人、おっ姑さんとお舅さんのこと、とってもおもしろいと言ったのよ。お舅さんはほらばかり吹いて、おっ姑さんを笑わせたり、呆れさせているって。おっ姑さんは、見かけはつんつんしているけれど、世話好きで笑い上戸だって。その話を聞いて、あたし、うちの人の女房になろうと決めたんですよ。あたしの勘は外れていなかった。おっ姑さんは盆暮には実家のおっ母さんに届け物をして気を遣ってくれるし、お舅さんもあたしを実の娘みたいに思ってくれる。あたし、とても倖せなんです」

お久はしみじみと言った。茂平は照れ臭くて小鬢《こびん》の辺りをぽりぽりと掻《か》いた。

「お久、後ろにねずみがいるんじゃねェか？」

茂平が言った途端、お久は色気のない悲鳴を上げた。お久は何よりねずみが苦手だった。

「な、何かあったんですか。親方、怪我でもした？」

おさつが慌てて母屋《おもや》から出て来て訊いた。

「いや、ねずみだと思ったが、木っ端《こっぱ》だったよ。最近、老眼が進んでね。ああ、びっくりした」

茂平は取り繕《つくろ》うように言った。お久はしゃがんで胸の辺りを押さえていたが、少し落ち着くと「お舅さん、物置ができるまでほらは禁止。いいですね」と、厳しい声で言った。

「あい」

茂平は思わず真顔で応えた。

五

お久は小平次が帰る前に、ひと足早く家に戻り、お春と一緒に晩めしの仕度をする。茂平は後片づけをしてから家に戻った。

ひと廻り（一週間）ほどは何事もなく過ぎたが、小平次はお久が手元をしているのをどこかから聞きつけ、ある晩、二階で派手な夫婦喧嘩が始まった。

茂平の家は二階家で、二階の部屋が小平次とお久、三人の子供達の寝間《ねま》になっていた。

どんどんと天井から荒い足音が聞こえたので「おィ、でかいねずみが騒いでいるぜ」と、茂平は冗談交じりに言った。隣りに寝ていたお春は、むっくりと起き上がり「お久ちゃん、小平次に叱られているよ。あれ、今、ぶたれた」と、仏《ぶっ》頂面《ちょうづら》で言った。子供達の泣き声も聞こえる。

その内にお久はどしどしと階段を下りて来た。小平次も後を追う。台所で修羅場が始まった。

「止めておくれよ、お前さん。お久ちゃん、手元をしていたことが小平次に知れたんだよ」

「くそッ」

さすがに茂平も腹が立ち、茶の間へ続く襖《ふすま》を開けた。

「やかましいわ、夜中に。近所迷惑だ、静かにしねェか」

茂平が一喝すると、小平次はお久の胸倉《むなぐら》を摑《つか》んでいた手を離し、こちらを向いた。

「おう、親父。よくもおれの面《つら》に泥を塗ってくれたな。倅の嫁を手元に使うなんざ、どういう了簡よ。とくと聞かせてくんな」

「どういう了簡もこういう了簡もあるもんけェ。お前ェが職人を回してくれねェから、お久が手伝うと言ったのよ。亭主の不始末を女房が片づけるのは当たり前だってな。見上げた根性だ。小平次、お久は悪くねェよ」

「憚《はばか》りながら、お久はおれの女房で、親父の女房じゃねェ。亭主のおれの言うことが聞けねェ女房は三行半《みくだりはん》よ」

そう言った途端、ぼっと行灯《あんどん》に火がともった。お春が灯《あか》りを入れたのだ。

「小平次、本気で言ってるのかえ。でたらめは許さないよ」

お春は厳しい声で言った。

「親父でもあるまいし」

うくッとお春は噴き出しそうになったが、それをぐっと堪えた。

「明日からお久ちゃんは仕事に出さない。それでいいだろ？」

お春はそろそろとお久に近づき、小平次の隙を衝《つ》いてお久の手を取り、引き寄せた。可哀想にお久の眼の周りは青黒く腫れていた。お久は安心してお春の胸に縋って泣いた。

「このアマは物置ができるまで手元はやめねェとほざいたんだ。そこまで言われたらおれも考えるわな」

小平次は吐き捨てるように言う。

「ほう、だから三行半か。上等だ、やって貰おうじゃねェか」

茂平も意地になった。「そいじゃ、これからお久はおれの妾《めかけ》にする」と茂平は続けた。

「何んだとう！」

小平次の顔に朱《しゆ》が差した。新たな怒りが小平次を襲っていた。

「犬畜生《いぬちくしよう》でもあるまいし、どこの世界に倅の女房を妾にするてて親がいる」

「そいじゃ、養女にするか。なあ、お春」

茂平はお春に意見を求めた。

「どっちでもいいですよ」

お春は投げやりに応える。

「お、おっ母さん！」

小平次は驚いてお春を見た。お春は醒《さ》めた眼で小平次を見返した。

「だいたい、あんたは何んだよ。一人前になった途端、お父っつぁんを邪魔にして。仕事のことだって、お父っつぁんを蚊帳《かや》の外に置いているじゃないか。お客が仕事を頼んでくるのはお父っつぁんの顔があるからだよ。のとやさんの物置だって、ちょいと仕事を工面すればできることじゃないか。仕上げの日が決められているから無理だって？　いいかえ、うちのお父っつぁんはね、仕上げに間に合わなくても、間に合わないとは決して言わなかったよ。うそも方便という言葉を知らないか。ただのほら吹きだと思って、手前ェの父親をばかにして……あたし、やっぱりあの時、あんたを引き取るんじゃなかった。お父っつぁんがよその女に子を産ませて、後生だからお春、どうぞ育ててくれって泣きの涙で縋ったから、あたしも仏心が起きて言う通りにしたんだよ。あたしの実の倅がこんな情け知らずなもんか」

「え？」

小平次は呆然としてお春を見ている。お久も驚いて泣くのをやめた。

「そうけェ、それで腑《ふ》に落ちたぜ。おっ母さんはどこかおれに邪険《じゃけん》だった。そうけェ、そういう訳だったのけェ。いや、すまなかった。おっ母さんは黙って今までおれを育ててくれたんだな」

小平次は打って変わり、殊勝《しゅしょう》な面持《おもも》ちになった。

「小平次、それに免じてお久ちゃんを許してくれるかえ」

お春も小平次の意気消沈した様子に、ほろりとなって訊く。

「もちろんよ、おっ母さん。お久、物置はあと、どのぐれェで仕上がる？」

「多分、二、三日のことだと思う……」

お久は蚊の鳴くような声で応えた。

「そうけェ、そいじゃ、しっかり親父を手伝ってくんな」

「お前さん……」

感激したお久が小平次の寝間着の袖をぐっと摑んだ途端、茂平の高笑いが響いた。

「な、何が可笑しいのよ、親父。頭がおかしくなったのか」

小平次は怪訝な顔で茂平を見つめる。

「お前ェはまだまだ修業が足りねェ男よ。何もわかっちゃいねェ」

お春もその拍子に腰を折って笑い転げた。

「おっ姑さん、もしかして、ほら？」

お久は恐る恐る訊く。お春は笑い過ぎて目尻に涙まで浮かべていた。

「だってさあ、小平次があんまり憎らしいことばかり言うから、あたしも悔しくなったんだよ。ね、お前さん」

「おうよ」

「それで腑に落ちただって。あたしがどこか小平次に邪険だったたって。ああ、可笑しい。悪さをして負い目がある時はそう見えたんだろうよ。このすっとこどっこい、唐変木！」

お春は清水屋のお内儀の悪態を真似た。仕舞いにはお久も腹を抱えてガハハと笑う。

「くそッ。親父のお株を取るなんざ、おっ母さんも人が悪りィ」

「曲がりなりにも、あたしら夫婦だからね、似るんだよ。でも、小平次。あんた、お久ちゃんにお父っつぁんの手元をすることを許したよね。あたしは、しっかり聞いたよ」

「おれも聞いた」

茂平も言葉尻に力を込めた。お春の機転に茂平は心底感心した。やはりお春はいい女房だ。

「二人して、おれを嵌《は》めやがって」

小平次は悔しそうに顔を歪《ゆが》めた。

「爺《じじ》、お父っつぁんを苛《いじ》めるな」

階段から茶の間の様子を見ていた小平次の長男の太助《たすけ》が甲高い声を上げた。傍で次男の友次《ともじ》も「そうだ、そうだ、苛めるな」と、続ける。

五歳と四歳の年子の二人はお揃いの肩上げをした寝間着を着て、大層可愛らしい。末っ子のおちよは、まだ二歳なので階段を下りられず、ぎゃあぎゃあと泣いていた。お久はおちよの泣き声に気づくと、慌てて階段を上がって行った。

「安心おし。爺があんた達のお父っつぁんを苛めるものか」

お春は前髪頭の太助と友次を宥める。

「おいらはお父っつぁんが、いっち好きなんだからな。爺と婆《ばば》より好きなんだからな」

太助は鼻の穴を膨《ふく》らませて言う。友次も相槌を打つように肯く。友次は何んでも兄と同じことをしたがる子供である。

「ありがたいねえ、小平次。あんた、果報者だよ」

お春は感激して涙ぐんだ。小平次も胸にぐっときたようで、ぐすっと洟《はな》を啜《すす》った。

「ささ、太助、友次。今夜はお父っつぁんの蒲団《ふとん》で一緒に寝ようぜ」

小平次はそう言って、二人を促《うなが》した。

「何んだかなあ……」

茂平は息子と孫が引き上げると、ため息交じりに言った。

「とり敢《あ》えず、丸く収まったんだ。いいことにしようよ」

お春は笑いながら言う。孫達は自分やお春より小平次を慕《した》っている。当たり前と言えば当たり前の話だが、茂平は妙に寂しかった。

「なにさ、太助と友次の言ったことを気にしているのかえ」

お春は悪戯っぽい顔で続ける。

「気にするもんけェ。おれァ、お前ェがいれば、後はいいってことよ」

「あら、うそでも嬉しい」

「うそじゃねェよ。親子は一世、夫婦は二世と言うじゃねェか。生まれ変わっても、おれァ、お春と一緒になるんだ」

茂平はきっぱりと言った。そうだ、その通りだ。息子も孫も後回しだ。自分にとって、お春が一番頼りになる存在なのだと改めて思う。

「はい、ありがとさん。ということで今夜はお開き。ささ、寝ましょ」

しかし、お春はあっさりと茂平をいなして行灯の火を吹き消した。

蒲団に入ると、二階から太助と友次の笑い声が聞こえた。小平次が何かおもしろいことを言って笑わせていた。やがて、笑い声も途絶え、小平次とお久がぼそぼそ話す声だけになる。話の内容まではわからないが、小平次は仲直りの言葉を不器用に囁《ささや》いているのだろう。

二階が静かになると、今度は外から野良犬の遠吠《とおぼ》えが、やけに響いて聞こえた。うるせェなあと思いながら、茂平もいつしか眠りに引き込まれていた。

六

のとやの物置は、それから三日後に完成した。おさつが満足そうにしていたので、茂平も、ほっと安心した。

それはいいが、おさつは、どうも手元をしたお久のことを茂平の後添《のちぞ》えだと思っているようだ。茂平が冗談に言ったことを、おさつが真に受けたらしい。おさつは店に来る客にそのことを喋り、一時は妙な噂《うわさ》が立った。小平次がまた頭に血を昇らせたのは言うまでもない。

まあ、その噂も、のとやの近所のかみさん連中だけでのことで、男達は茂平の例のほらだと思っていたので、はなっから信じていなかったが。

ひと仕事を終えた茂平には、いつもの代わりばえのない日常が戻っていた。朝になれば朝湯へ行き、日中は町内をそぞろ歩く。小平次の働く現場へ顔を出すこともあるが、小平次も他の職人達も、さも邪魔だと言わんばかりの様子を見せるので、茂平は早々に引き上げる。

（つまらねェ、生きる張りがねェ）

茂平は胸で呟く。お久と一緒に働いた何日間が、今では夢のように思われた。また、あのような小仕事《こ》が出ないものかと望んでいるが、茂平の望みは、おいそれとは叶《かな》わない。

お春の所には相変わらず、近所の女房どもが通ってくる。ぺちゃくちゃと喧《やかま》しい。

最近の女房どもの話題はお伊勢《いせ》参りに集中していた。一生に一度は伊勢の神さんにお参りして、お蔭で今まで元気に暮らして来ました、ありがとう存じますと、お礼を述べたいのだという。そのために伊勢講にも入っているらしい。伊勢講はお伊勢参りのための積み立てである。出不精《でぶしょう》のお春まで、その気になっているようだ。

「ねえ、お前さん。思い切ってお伊勢参りに行こうよ。お久ちゃんも勧めてくれたんだよ。道中は何んの心配もいらないんだって。伊勢の御師《おんし》が用意万端《ばんたん》調えるから、あたしらは気楽に旅ができるんだって」

お春は昂《たかぶ》った声で言う。伊勢の御師とはお伊勢参りの便宜を計らう旅先案内人のことだった。

「よせよせ。伊勢参りなんざ、行くもんじゃねェよ。稲刈りを終えた百姓どもが、ぞろぞろと列を作ってよ、街道なんざ混んだ湯屋みてェで、まともに歩けもしねェ」

茂平はにべもなく応えた。

「お前さん、行ったことがあるのかえ」

お春は疑わしい眼で訊く。

「ある」

「………」

「歩くのもばかばかしくって、おれァ、途中で江戸に舞い戻ったのよ」

茂平はお春の眼を避けて言った。

「じゃあ、お参りはしてないのね」

「別に伊勢の神さんばかりが神さんでもあるまいし、深川にゃ、八幡さんもお不動さんもある。金遣《つか》って、足に肉刺《まめ》をこさえて苦労するこたァねェんだ」

「お伊勢参りに行ったと言うのは……例のほらだろ？」

お春はじっと茂平を見て言う。

「ち、違う」

言いながら、茂平の視線は泳ぐ。

「いつ、そんな暇があったかえ。さあ、白状しな。ほらだろ?」

「ほらじゃねェよ」

「ほらだよね」

「違う」

「ほらじゃないんだ」

「……ほらだ」

お春の術中《じゅっちゅう》に嵌《はま》り、茂平は渋々白状した。

お春は声を上げて笑う。ひとしきり笑ったお春は「もう、御師に繋《つな》ぎをつけたからね。道中の宿代と手間賃も近い内に納めることになっているんだよ。おすがさん夫婦も一緒だし、おときさんの所も一緒。きっと楽しいよ」と言った。おときもお春の仲間の女房である。茶飲み話をする場所が茂平の家の茶の間から伊勢参りの道中の宿屋に変わるだけじゃないかと茂平は思った。

だが、茂平はお春に弱いので、強く拒《こば》むことはできなかった。

来年、菜の花の咲く頃、茂平とお春は伊勢を目指す。揃いの白衣の半纏《はんてん》を着て、組ごとに幟《のぼり》を立てて旅をするのだ。一人一両二分の掛かりだから、二人で三両だ。道中、川止めがあったり、馬や駕籠《かご》を使えば、さらに余分な金が要《い》る。一生に一度の大盤振る舞いだ。

茂平の両親もお春の両親もお伊勢参りをせずに死んでしまった。それを考えると自分は倖せだろう。

（お蔭で生きて来ました……か）

御師から届けられた旅の栞《しおり》を読みながら、茂平は独りごちた。今まで無事に生きて来られたのは伊勢の神さんの加護ではなく、お春のお蔭だと思う。そのお春が望んだことだからお伊勢参りをするのだ。

往復二十日余りの旅はどんな感じのものだろうか。

町内をそぞろ歩くのとはもちろん違う。見たこともない景色を眺め、食べたことのない物を口にするのだ。楽しいだろうか。

いや、お春と一緒だから、きっと楽しいに決まっている。茂平は無理やり自分を納得させていた。

「お前さん、仕度はいいかえ」

出立《しゅったつ》するひと月も前からお春は度々、茂平に訊いた。

「ああ」

茂平は気のない返事をする。出立の日が近づくと、緊張のあまり何やら胸具合が悪くなった。

「おや、知らない所へ行くのが怖いのかえ」

お春は含み笑いをしながら言う。

「怖いもんけェ」

茂平は虚勢を張る。だが、お春に自分の心の内はお見通しである。

「おすがさんやおときさんに、例のほら話をするんだろ？　お前さんがどういう手を使うのかと楽しみにしているみたいだよ。でもねえ、蛇やねずみじゃ、もう騙せないよ」

「へ」

茂平は苦笑した。だが、むくむくと悪戯心が頭をもたげていた。気のせいか胸具合の悪さも治まったようだ。ほら話は道中の宿屋の女中にも使おうと思った。

自分達は、お伊勢参りにかこつけた忍びの旅をしているとか、江戸では大店の主で、この度は土地の名産を買い付けに来たとか何んとか。途端に茂平は楽しくなった。これでは、ほら吹き茂平の渾名は当分、返上できそうにない。

千寿庵《せんじゅあん》つれづれ

　春三月、江戸は花見の季節を迎え、花見の名所のひとつである向島《むこうじま》も大いに賑《にぎ》わいを見せていた。しかし、向島から少し離れた所にある本所《ほんじょ》小梅村《こうめむら》の千寿庵《せんじゅあん》までは その喧騒《けんそう》も届かず、時折、鳥の鳴き声がするだけで、しんとした静寂に包まれていた。

　千寿庵には真銅《しんどう》浮風《ふふう》という五十四歳の尼僧《にそう》がひっそりと暮らしていた。浮風は十年前に夫が亡くなると、剃髪《ていはつ》して出家した。浮風と夫との間には子がなかったので、浮風は小日向《こひなた》服部坂《はっとりざか》にあった家と僅《わず》かな財産を処分し、小梅村に庵《いおり》を結んだのである。

　刀剣商を生業《なりわい》にしていた夫は仕事柄、武士の客が多かった。小梅村を紹介してくれたのも武士の客の一人だった。浮風は小梅村がひと目で気に入った。余生を送るには、まことにふさわしい静かな場所に思えた。それでいて買い物をしようと思えば、吾妻橋《あずまばし》を渡って、すぐに浅草《あさくさ》へ出られる。浮風は紹介された畑の中の百姓家を、その日の内に買おうと決心した。

千寿庵には母屋《おもや》と厨《くりや》の他に、二十畳ばかりの本堂がある。それは五年前に浮風が新たに建てたものだった。本堂には弥勒菩薩《みろくぼさつ》像を安置している。弥勒菩薩は釈《しゃ》迦《か》入滅後、五十六億七千万年に至ると、仏となってこの世に現れる菩薩と信じられている。

浮風は本堂を構える時、思うところあって弥勒菩薩を千寿庵の本尊としたのである。

千寿庵は檀家《だんか》というものを持っていない。もともと千寿庵は夫の菩提《ぼだい》を弔《とむら》う目的のための場所だったし、また、浮風は尼僧となるための正式な修行を積んでいない。葬儀や法要をする資格はなかった。浮風は三日に一度ほど托鉢《たくはつ》に出て、人々から受ける喜捨《きしゃ》を日々の糧《かて》としている。墨染《すみぞ》めの衣《ころも》と替えの下着が何枚かあれば、衣服は事足りる。そのまま静かに年老いて、ある日、枯れ木のようにぽきりと死ぬことができるのなら、これ以上のことはないと考えていた。

ところが、浮風が托鉢で市中を廻る内、町家の娘達から相談を持ち掛けられるようになった。尼僧の姿が彼女らを、そんな気持ちにさせたらしい。尼《あま》さんなら間違っても自分の悩みを口外しないだろうと。

亭主の浮気に悩む女房、恋に破れて前途を悲観した娘は涙ながらに浮風へ胸の内を明かした。浮風は親身になって女達の話を聞いた。時には助言をすることもあったが、おおかたは黙って話を聞くだけだった。それがよかったのかどうか、浮風を慕《した》う女達は口づてに増えていった。庵主《あんしゅ》さまに相談すれば、きっと悩みを解決する糸口が摑《つか》めるはずだと。

本堂は、そうした女達の喜捨によって建てられたと言っても過言ではないだろう。余生の趣《おもむき》がいささか変わってきたが、これも弥勒菩薩のお導きであろうと思いながら、浮風はこの十年を過ごしてきたのだった。

境内《けいだい》に墓は数えるほどしかない。夫の墓と、どうしてもと懇願されて引き受けた信者達のものである。墓を建立《こんりゅう》する時は信者の檀那寺《だんなでら》から僧侶を呼んで法要をとり行なった。墓が少ない代わり、境内のあちこちに赤いべろ掛けをした地蔵が目立つ。その地蔵は、子を亡くした母親が建立したものだった。母親は子供の命日《めいにち》に訪れる。周《まわ》りの目があるので普段は悲しみを堪《こら》えているが、千寿庵に来た時は別だ。思いの丈《たけ》を込めて盛大に泣く。そう、千寿庵は母親が人目も憚《はばか》らず泣ける場所でもあったのだろう。

千寿庵の前は曳舟川《ひきふねがわ》で、その向こうに青々とした田圃《たんぼ》が拡がっている。曳舟川の万一の氾濫《はんらん》に備え、千寿庵は小高く土を盛った上に建てられている。だから、千寿庵を訪れる者は山門を潜《くぐ》り、本堂に着くまで少し前屈《まえかが》みで歩かなければならない。しかし、境内には四季折々の草木が植わっており、訪れる人の眼を喜ばせる。畑だった土地に浮風が少しずつ樹木や草花を植えたのだ。それが今では百《ひゃっ》花繚乱《かりょうらん》。千寿庵は女の信者が通うにふさわしい花の寺ともなっていた。

その日、浮風は一人の女が訪れるのを今か今かと待ち構えていた。毎年、千寿庵にある山桜がほろほろと花びらを落とす頃、その女は訪れる。昨日辺りから花が散り始めていたので、この二、三日中にやって来るはずだと浮風は当たりをつけていた。

その女の住まいは日本橋《にほんばし》の室町《むろまち》だから、小梅村の千寿庵まで長い道中である。それでも女は着物を裾短《すそみじか》に着付け、手甲《てこう》、脚半《きゃはん》、草鞋《わらじ》履き、背に大きな風呂敷包みを背負い、舟も駕籠《かご》も使わず、一人でてくてくと歩いてやって来る。昨年辺りから杖《つえ》を携《たずさ》えるようになったのは、女の足が少し衰えているせいだろう。あと何年、元気に通って来られるだろうか。いや、女は浮風とそれほど年の差はない。浮風は春が巡《めぐ》るごとに女のことを考える。いや、女は浮風とそれほど年の差はない。

わからない。

浮風も一人で庵を守るのが心許《こころもと》なく、数年前から近所の富蔵《とみぞう》とおなかという百姓夫婦に境内の掃除と簡単な用事を任《まか》せていた。

＊

「庵主さま、他に用事はござんせんか」

掃除を終えた富蔵が笑顔で訊《き》いた。浮風は本堂の扉を開けながら「そう、ご苦労さま。あとは特にありませんよ。あなたも田圃の草取りがあるのでしょう？早くお帰りなさい」と応えた。

「へい、そいじゃ。嬶《かか》ァは家の中を片づけやしたら、おっつけ、晩めしのお菜《さい》を持って参じやすので」

「ありがとう。おなかさんのお菜はいつもおいしくて楽しみですよ」

「なあに、あんな田舎料理」

三十六歳の富蔵は女房のおなかとの間に三人の子供がいる。富蔵の両親も健在で、一家はなかよく野良仕事に精を出していた。毎年、稲刈りの時期には、そっと米を届けてくれる。自分達もかつかつの暮らしをしているというのに。浮風が富蔵夫婦に渡す手間賃は雀《すずめ》の涙である。それでも二人は、ありがたいと心底喜んでくれた。

富蔵が帰って行った後「よいしょ、よいしょ」という掛け声が聞こえたので、すわ、待ち人かと色めき立ったが、やって来たのは浅草の蠟燭問屋《ろうそくといや》の娘のお磯《いそ》だった。

「庵主さま、ごきげんよう」

お磯は額《ひたい》に汗を浮かべて挨拶《あいさつ》した。手には桜餅の籠《かご》を携えていた。花色の小袖はお磯の色白の顔によく似合う。

「あなた、お一人？」

浮風はさり気なく訊いた。小梅村に悪さをするような輩《やから》はいないが、それでも十八歳の娘の一人歩きは感心しないことだろう。

「ええ。でも、もう少ししたら、うちの手代《てだい》が迎えにくるでしょうよ」

お磯は他人事《ひとごと》のように言う。

「ちゃんとご両親に断っていらした？」

「ううん。でも、きっとここだと当たりをつけるはずよ」

「相変わらずしょうのない人ね」

「少し歩いて喉《のど》が渇いちゃった。庵主さま、お茶を一杯ご馳走《ちそう》して」

お磯は甘えたような口調でねだった。濃い眉《まゆ》の下にある二重瞼《ふたえまぶた》の眼は濡れたように光って見える。泣いた後のようにも感じられて浮風は少し気になった。だが、お磯は足を伸ばし、ふくらはぎの辺りを指で揉《も》みながら「お早くお願い」と元気な口調で催促した。

「はいはい」

浮風は、ほっと吐息をつくと厨へ茶の用意をしに向かった。お磯は両親と向島へ花見に繰り出し、途中で、ふっと千寿庵に行こうと思い立ったのだろう。そう、昨年のあの日のように。

盆に茶の入った湯呑《ゆのみ》を二つ載《の》せて戻ると、お磯は桜餅の籠を供《そな》えて、弥勒菩薩像に掌《て》を合わせていた。浮風の足音に気づくと、笑顔を向け、供えたばかりの籠を取り上げた。

「一緒にいただきましょう?」

お磯は張り切って声を掛ける。向島長命寺《ちょうめいじ》前の茶屋が売り出している名物の桜餅だ。

「あらあら、菩薩さまも面喰らっておりますよ。せっかくお供えしたのに、もう下げるのかって」

浮風は悪戯《いたずら》っぽい表情で言った。

「弥勒菩薩さまは、どの道、桜餅は召し上がれない。お線香を立てたので、それで勘弁していただきますよ。そうそう、あたしのお小遣《こづか》いから少々、お賽銭《さいせん》を上げましたからね」

お磯は恩着せがましく言う。

「それはそれはご丁寧に。ありがとう存じます」

浮風は一応、礼を述べた。

「でも、庵主さま。千寿庵を守るのも大変でございましょう?」

お磯はつかの間、眉根を寄せて心配顔をした。

「そうですね。でも、お磯さんのような奇特《きとく》なお方もいらっしゃるので、何《な》んとかやっておりますよ」

「どなたか跡を継いで下さる方はいらっしゃらないの? 跡継ぎがいなければ千寿庵は、いずれ無人の庵になってしまう」

お磯は「浮風が亡くなったら」という言葉を避けて言っていた。

「そうなったらそうなった時のことですよ。村の名主《なぬし》さんが悪いようにはしないでしょう」

浮風は朗《ほが》らかに応える。

「いつまでもお元気でいらして。そうじゃなきゃ、あたし、ここへ来る楽しみがなくなりますもの」

お磯は俯《うつむ》いて低い声で言う。

「はいはい。お磯さんのためにもできるだけ長生きするつもりですよ」

「お願いします」

お磯は途端に笑顔になり、桜餅を勧《すす》めた。

浮風はすぐには桜餅に手をつけず「ところで、その後、あなたのお気持ちは整理がつきましたか」と訊いた。

「ええ、何んとか……でも、去年の今頃は、とてもそんな気にはなれなかった。あたし、いっそ死んだ方がましだと思い詰めていましたもの」

「そうですねえ……事情を伺《うかが》って無理もないとわたくしも思いましたよ。結納《ゆいのう》まで交《か》わしたお相手に、別の女の方がいらしたなんて」

浮風は遠くを眺める眼をして言った。まだ、あの人は来ないと思いながら。

「あたし、目の前が真っ暗になったのですよ。よりによって、お花見に一緒に繰り出したあたし達の前に、あの女が現れるなんて」

お磯が昨年、祝言《しゅうげん》を約束していた相手を交え、家族で向島へ花見に向かった時、楽しい宴《うたげ》が台なしになる事件が起きた。眼を血走らせた娘が匕首《あいくち》でお磯の相手の房次郎《ふさじろう》に襲い掛かったのである。周りの者に止められて大事には至らなかったが、その娘は「お腹に子ができたのに、若旦那は知らん顔で別の娘と祝言の約束をしていた」と咽《むせ》び泣いた。房次郎は深川佐賀町《ふかがわさがちょう》の呉服屋の長男で、その娘は店から仕立ての仕事を回して貰《もら》って暮らしを立てていた。房次郎はふとした拍子にその娘と理《わり》ない仲となったのだろう。

「あたし、その場にいたたまれなくなって、闇雲《やみくも》に走ったのよ。気がつけば曳舟川の川岸に立っていた。この川に飛び込んだら死ねるかしらとばかり考えていた。それほど悲しかった」

お磯は当時のことを思い出したように洟《はな》を啜《すす》った。

「でも、あなたのよいところは、相手の娘さんを恨《うら》んでいなかったことですね。あれには感心しましたよ。意地の悪い言い方をすれば、その娘さんは呉服屋のお内儀《かみ》さんになれることを夢見て房次郎さんに肌身を許したとも考えられますのに」

浮風は慰めるように言った。

「女なら誰しも倖《しあわ》せになりたいと思うものよ。貧しい暮らしをしていれば、貧しさから救ってくれる相手を求めるのは当然ですよ」

「あなたは少し我儘《わがまま》ですけれど、何んと申しましょうか、徳のようなものをお持ちですよ。それがわたくしには快《こころよ》かったものです」

「あの時、庵主さまはお声を掛けて下さいましたね。それからここで、あたしの気の済むまで泣かせて下さった。思いを晴らすことができて、あたしは本当に助かりました。そうじゃなかったら、あたしはいつまでもうじうじと思い悩んでいたと思うの」

「房次郎さんはその娘さんと一緒になったのかしら。浅草の噂《うわさ》はここまで聞こえてこないので、わたくしは事情がわかりませんが」

浮風がそう言うと、お磯は力なく首を振った。

「生まれた子供は房次郎さんのお家が引き取ったけれど、お針の娘とは手切れ金を渡して縁を切ったそうですよ。その後、房次郎さんには、よいお話がなくて、相変わらず独《ひと》り身のまま。きっと、一生、お内儀さんにする人が見つけられないのじゃないかしら。幸い、引き取った子は男の子だったから、お店の跡継ぎの心配はいりませんけれど」

「早まったと思いませんか。あなたが房次郎さんを許すことができれば、今頃はご夫婦でいられたものを」

浮風は心底、その縁談が壊《こわ》れたことを惜しむ気持ちだった。

「房次郎さんのことは今でも好きよ。でも、継子《ままこ》を育てる自信がなかったの。子供に罪はないけれど、あのまま房次郎さんと一緒になっても、うまく行かなかったと思うの。きっとあたし、あの子を苛《いじ》めそうな気がする」

「そうかしら。お磯さんは案外、可愛がったと思いますけどね」

「さあ、どうでしょう。でも、庵主さま。もう済んだことよ。今さら、どうにもならない」

「そうね、今さらどうにもなりませんね。でも、お磯さん。あなた、時々、房次郎さんの様子を見に行ったりしてないでしょうね」

「どうしてそんなことをおっしゃるの？」

お磯の表情が険《けわ》しくなった。図星《ずぼし》かと浮風は思った。

「もしそうなら、およしなさいね。未練ですよ」

浮風はぴしりと制した。

「わかっているの。わかっているけど……」

お磯は言いながら、畳に「の」の字を書く。困った時のお磯の癖《くせ》だった。内心では早くお磯の店の者が迎えにきてくれないかと浮風は思っていた。

だが、その前に千寿庵の粗末な山門を潜って室町の飾《かざ》り物《もの》屋「万福堂《まんぷくどう》」のお内儀お峰《みね》の姿が現れた。浮風は心底、ほっとした。飾り物屋は祝儀、不祝儀の儀式に使う品物を扱う店だった。

「お磯さん、お客さまがお見えですから、お静かにしてね」

「あら、あたしはうるさくした覚えはないけれど」

お磯は不服そうに言葉を返した。それを目顔《めがお》で制して、浮風は満面の笑みでお峰を迎えた。

「まあまあ、お内儀さん。ご苦労さまです。本日はよいお日和《ひより》でよろしゅうございましたね」

「ご無沙汰《ぶさた》致しております。庵主さまもご壮健のご様子で嬉《うれ》しゅうございます」

お峰は言いながら、手甲を外した。頭には白いものも交じっているが、膚《はだ》はきめ細《こま》かくその年頃にしては皺《しわ》が少ない。何より上品な物腰と柔らかい言葉遣いが浮風を和《なご》ませる。

お峰は草鞋を解き、汚れた足袋《たび》も脱いで着物の前を直すと、改めて浮風に深々と頭を下げた。それから本堂の弥勒菩薩像の前に進み、掌を合わせ、しばらく頭《こうべ》を垂《た》れて祈っていた。

お磯は殊勝《しゅしょう》な顔で、お峰の様子を見つめていた。

やがて、こちらを振り向いたお峰に浮風は「お茶をお持ち致しましょう」と言った。

「いえいえ、お構いなく。お茶は用意してきております。娘が待っておりますので、いつものようにお花見をさせていただいてよろしゅうございますか」

お峰は艶冶《えんや》な微笑を浮かべて訊く。

「それはもう。どうぞ、存分にお花見を楽しんで下さいませ」

浮風も笑顔で応える。とんとんと弾《はず》むような足音が聞こえ、お峰の娘のお里《さと》が姿を見せた。黄八丈《きはちじょう》の着物に黒い緞子《どんす》の帯が、お里の身体には重そうに感じられる。ついで唐人髷《とうじんまげ》の頭に飾った花簪《はなかんざし》も大袈裟《おおげさ》に見えたが、お峰は娘の恰好《かっこう》を特に意に介するふうもない。娘の好きなようにさせているという感じだった。

「喉、渇いちゃった」

十二歳のお里は開口一番、遠慮もなく言う。

お峰譲りの美形の娘である。

「これッ、お行儀の悪い」

お峰は慌《あわ》てて制し、風呂敷包みから竹筒を取り出してお里に与えた。竹筒には茶が入っているようだ。お里はこくこくと喉を鳴らして飲んだ。飲み終えると、手の甲で唇を拭《ぬぐ》い「ゆかりの入ったおむすびを作ってくれた？」と、お峰の顔を覗《のぞ》き込む。ゆかりは赤紫蘇《あかじそ》を干して、細かく砕《くだ》いたものである。今はまだ赤紫蘇の時季ではないので、それは昨年の内からお峰が用意しておいたのだろう。

「その前に、お里は忘れていることがありますよ」

お峰はお里に浮風へ挨拶しろと催促していた。お里は、はっとして「庵主さま、ごきげんよろしゅう」と三つ指を突いた。

「はい、ご丁寧なご挨拶でした。ありがとう」

浮風は笑って応えた。ほっと安心したようなお里の顔が何んとも愛くるしかった。

やがて二人はなかよく手を繋《つな》いで本堂から出て行った。山桜の下で敷物を拡げ、これから親子水いらずで花見をするのだろう。重箱の中にはお里の好物のゆかりを混ぜたごはんで拵《こしら》えたおむすび、卵焼き、竹の子と高野豆腐《こうやどうふ》の煮物などが入っているはずだ。

「庵主さま。あの子、本当にあのお内儀さんの娘なの？」

お磯は不思議そうに訊く。

「そうですよ」

「孫娘と言ってもおかしくないじゃない。いったい、幾つの時に産んだのかしらん。それにあの娘の恰好ったら、ひと昔前のものじゃないの。今時、あんな恰好で、あんな簪を挿《さ》している子はいない」

お磯は娘の恰好に手厳しい評価をする。

「お里ちゃんのお好みだから仕方がないのよ」

「わからない。気が知れない」

お磯はぷりぷりして桜餅を頬張った。

「あ、硬い。この桜餅、今日の物じゃないみたい。売れ残りを押しつけられたんだ」

お磯は半分齧《かじ》った桜餅を懐紙《かいし》に包んで袂《たもと》に入れた。

「後で蒸《ふ》かし直していただきますよ」

浮風はお磯の好意を無にしたくなくて言った。

「あのお内儀さん、ご一緒にいかがですかとも誘って下さらなかった。気の利《き》かない人」

お磯は恨めしそうだ。

「お里ちゃんに気を取られて、あなたのことが眼に入らなかったのでしょう」

「あら、失礼しちゃう」

「ゆかりのおむすびが召し上がりたかったのですか？」

「そうね。たまには目先の変わったものもいただきたいと思いますよ」

「覚えておきましょう」

「あたし、どんな様子か、ちょっと覗いてこようかしらん」

お磯は、ふと思いついたように言った。

「お邪魔ですよ」

「そんなあ……」

「どうしても様子が気になるのですか」

「ええ。あたし、おっ母さんと二人きりでお花見なんてしたことがないから、どんな感じなのかなあと思って」

「じゃあ、ちょっとだけ窓から眺めさせてあげましょう」

「嬉しい！」

お磯は小躍りせんばかりに喜んだ。浮風は弥勒菩薩像の後ろにお磯を促《うなが》した。そこには庭を見下ろせる窓がある。浮風はそっと障子を開けた。

山桜の樹の下に赤い毛氈《もうせん》を拡げ、二人はそこにゆったりと座っていた。重箱の蓋《ふた》も開けられている。お里が好みの食べ物を指差すと、お峰は小皿に取ってやった。嬉しそうに食べ物を頬張《ほおば》るお里を、お峰は眼を細めて見つめている。

「いい？　決して大きな声を出してはいけませんよ」

浮風はお磯の耳許《みみもと》に囁《ささや》いた。お磯はうるさそうに顔をしかめた。お磯の笑った顔は可愛いが、時折、怖い表情になることがあった。それはお磯の表情のひとつだから仕方がないことだが、浮風はその度《たび》に胸がひやりとさせられる。その時もお磯は、なかよく花見をする母娘を睨《にら》むように見ていた。浮風はお磯の傍《そば》を離れ、本堂のきざはし（階段）の前に出て境内の様子を眺めた。春の息吹きを感じさせる境内は清涼な空気に満ちている。浮風は大きく息を吸った。さて本日の花見の宴はいつまで続くことやらと思いながら。

＊

「いいお天気ね」

お里は時折、頭の上から降ってくる花びらを掌に受けながら言う。

「そうですね」

お峰も山桜の樹を見上げながら応える。

「桜はきれいだけど毛虫がつくのがいやね。だから、室町のお家の庭には桜を植えていないのでしょう？」

「樹木には桜に限らず、虫がつくものですよ。虫も生きるために必死ですからね。万福堂のお庭に桜がないのは、毛虫のせいじゃなくって、散った花びらの始末が大変だからですよ。お前は幼い頃から虫を怖がりましたね。小さな蜘蛛《くも》が出ただけでも大騒ぎして」

「夜の蜘蛛は縁起が悪いから、すぐに殺せと、お父っつぁんは言ったよ」

「うちの人もお前と同じで虫が苦手なのですよ。ほら、蜘蛛！」

お峰はわざとお里を脅《おど》かす。お里は悲鳴を上げ、それが嘘だとわかると、お峰の腕を少し強い力で叩《たた》いた。

「意地悪なおっ母さん」

お里は、きゅっとお峰の顔を睨む。お峰は愉快そうに声を上げて笑った。

「白髪が増えたね」

お里は真顔になってお峰の頭に触《さわ》る。

「もう、お婆ちゃんよ」

「でも、お顔はきれい」

「そう？　お世辞でも嬉しい」

「お世辞じゃないよ。本当にそう思っているのよ」

「はいはい。おむすびはもういいかえ。ひとつしか食べていないよ」

「もう、お腹いっぱい。でも、お菓子はある？」

「ありますよ。最中《もなか》がいい？　それともお饅頭《まんじゅう》？」

「最中はつぶ餡《あん》？」

「いいえ、こし餡ですよ」

「じゃあ、ひとつちょうだい」

「桜餅は持って来なかったよ。お前、嫌いだったから」

「ええ、今でも嫌い。あの匂いがいやなの。頭が痛くなっちまう。でも、おっ母さんは葉っぱごと、むしゃむしゃ食べる」

「むしゃむしゃだなんて……あたしはそんなお行儀の悪い食べ方はしていないつもりだけど」

言いながらお峰は不安そうな表情になった。

お里は、くすりと笑い、「さっきのお返し。ちょっと意地悪したつもりよ」と言った。

「人の悪い子ね」

「順吉《じゅんきち》は真面目に商《あきな》いに励んでいて？」

お里は、ふと思い出したように訊く。

「ええ。お蔭《かげ》さまで。おとみさんもあたしに優しくしてくれるし、孫達もお祖母《ばば》さん、お祖母さんって慕ってくれるので、あたしは倖せですよ」

「よかった」

お里は安心したように胸のところで両手を合わせた。

「でもねえ。あたしはここへ来るのも大変になりましたよ。足が弱ってねえ、来年は無理をせずに舟を頼むことにしますよ」

「それがいいわ。本日のお帰りも竹屋《たけや》の渡しから舟を使って浅草に出て、そこから駕籠に乗るといいのよ」

「駕籠は嫌い。駕籠舁《か》き人足《にんそく》は柄《がら》が悪くて、おまけに酒手《さかて》を出せって凄《すご》まれるのが怖いもの」

「臆病なんだから。あたしがついているから大丈夫よ」

「そうかえ。守っておくれかえ」

「もちろん」

二人の埒《らち》もないお喋《しゃべ》りが続いた。午後の陽射しが二人の上に暖かく降り注ぐ。お磯は相変わらず、そんな二人を見つめていた。

お喋りに飽きると、お峰とお里はせっせっせだの、綾取《あやと》りだの、手遊びを始める。お里よりもお峰の方が嬉しそうだ。だが、声を上げて笑ったお峰は、途中から咽び泣いた。お里はどうしてよいかわからず、お峰の背中を優しく摩《さす》るばかりだった。

お磯は窓の障子を閉めて、浮風の所に戻った。

「お内儀さん、泣いてしまった。どうしてかしら」

お磯は小首を傾げる。

「嬉し涙でしょうよ」

浮風はぶっきらぼうに応える。

「そうかな。そんなふうには見えなかったけど……順吉さんて誰のこと？　お里さんが言っていたけど」

「ああ、その方はお里さんの弟で、万福堂の若旦那のことですよ。おとみさんは若旦那のお連れ合いよ」

そう言うと、お磯は何やら思案する表情になった。

「そろそろ花見の宴もお開きになるでしょう」

浮風は、とり繕《つくろ》うように言う。

「お帰りは足が疲れるので舟と駕籠を使ったらとお里さんに言われていたけれど、お内儀さんは、舟はともかく、駕籠が苦手なご様子でしたよ。どうも駕籠舁きが怖いらしいの」

「あら、そう。それじゃ、浅草までお送りして、わたくしの懇意にしている駕籠屋に頼んで差し上げましょう」

「それがよろしいですね。きっと、あのお内儀さん、喜ぶと思う」

「それじゃ、お磯さん。お内儀さんをお送りする間、お留守番をお願いできるかしら」

「そんな……あたしだって、もうすぐ帰りますよ」

「手代さんは夕方でなければお迎えに来ないのじゃないかしら」

「もう、意地悪。わかりましたよ。留守番すればいいのでしょ？」

お磯は渋々承知した。ほどなく、お峰がやって来て「庵主さま、お世話になりました。これでお暇《いとま》致します」と礼を述べた。もう、その時は帰り仕度《じたく》を調《ととの》え、来た時と同じように身拵《みごしら》えしていた。ただ、料理の入った重箱は荷物になるので、浮風の前にそっと差し出した。

「いただいてよろしいのかしら」

「お里の食べ残しで申し訳ありません。お口に合わないようでしたら捨てて下さいまし」

「捨てるだなんて、もったいない。ありがたくいただきますよ。ああ、お内儀さん、竹屋の渡しまでお送りしますよ」

浮風は腰を浮かせて言った。

「いいえ。一人で帰れます。ご心配なく」

「舟をお使いにならないのですか？」

「ええ。それも考えたのですが、やはり歩いて帰ります。供養だと思って」

「そうですか」

浮風はため息交じりに応えた。浮風は山門まで一緒に出た。

「盂蘭盆《うらぼん》はおいでになれますか？」

そう訊くと、お峰は「盂蘭盆は万福堂のご先祖さまの供養がありますので、無理ではないかと思います。秋のお彼岸《ひがん》もその通りですよ」と、力なく応えた。

「それでは、また来年」

浮風はお峰を励ますように言った。

「ええ、来年また。庵主さま、それまでお元気でいらして下さいませ」

「あなたも」

「ありがとう存じます。それではこれで」

お峰は何度も振り返って千寿庵を後にした。

その姿が見えなくなるまで浮風はお峰をずっと見送っていた。やがて、踵《きびす》を返すと、浮風はゆっくりと本堂に戻った。お磯が重箱の蓋を開けてつまみ喰いしているのが見える。

くすりと笑いが込み上げた。浮風が見ていることに気づいていない様子である。もう少し、そのままにしてやろうと浮風は思い、お峰とお里が花見をした山桜の樹の傍に向かった。

さっきまで母娘の花見が開かれていたとは微塵《みじん》も感じさせない。ごみひとつ、塵《ちり》ひとつ落ちていなかった。落ちていたのは桜の花びらばかりだった。

浮風は桜の根方にそっとしゃがんだ。そこには小さな地蔵がある。

「お母さまと今年もお花見ができて、よかったですね」

浮風は小さな声で呟《つぶや》いた。途端、ざっと風が吹いて、大量の花びらが浮風の頭に降った。

「はいはい、あなたも嬉しかったのですね」

地蔵の前には、ゆかりのおむすびと最中が供えられていた。

＊

夕方、おなかが大根の煮物を届けてくれた。

「庵主さま。今日の大根、とても甘くておいしいのですよ。庵主さまは大根が好物でしたから多めに持ってきました」

おなかは鍋ごと運んできていた。

「わたくしがいただいては、ご家族の分がなくなるのではないですか」

浮風は心配そうに訊く。

「うちの人もお舅《とう》さんも大根が嫌いなんですよ。百姓をしているくせに生意気でしょう?」

おなかは悪戯っぽい顔で言う。富蔵も男前だが、おなかも愛嬌《あいきょう》のある顔をしている。二人は似合いの夫婦だった。

「きっと、飢饉《ききん》の年に大根をいやというほど食べたせいでしょうねえ」

「ええ。毎度、大根めしばかりだったと言っておりましたから」

「それじゃ、お返しと言っては何んですけど、これをお持ちなさいましな」

浮風はお峰が置いていった重箱を勧めた。

「これはもしかして、室町の飾り物屋さんのお内儀さんが持っていらしたものじゃありませんか」

おなかは、はっとした表情で訊く。

「お祭しのよろしいこと。その通りですよ」

「毎年、毎年、感心な方ですね。もう、お嬢さんが亡くなって二十年以上も経つのに」

「ここへ来れば亡くなった娘さんと会えるような気がするのでしょうよ。母親はいつまでも死んだ子供が忘れられないものですよ」

「お嬢さんは、あたしより五つほど年上でしたから、生きていらっしゃれば、もう三十歳を過ぎておりますね。何事もなければ、しかるべきお店へお嫁入りして、子供も何人かいたはず……」

「そうですね」

浮風の言葉にため息が交じる。

「悪い男達にかどわかされて、身代金を要求されたのですよね。旦那さんもお内儀さんも娘さんの命に代えられないからと大枚のお金を用意した。百両だったか百五十両だったか。とにかく、あたしらにとっては途方もないお金でしたよ。お金は悪党どもに渡ったけれど、お嬢さんの命は助からなかった。首を絞められて源兵衛堀《げんべえぼり》に投げ込まれてしまった……」

源兵衛堀は水戸《みと》様の下屋敷の傍にある堀で、本所の大横川《おおよこがわ》と交わっている。曳舟川は、その交わる所で堀留となっていた。

「お里さんに顔を知られては悪事が露見することを恐れたのでしょう。お金を手に入れたのですから、何も命まで奪わなくていいのに。そのために、お内儀さんをいつまでも悲しませる羽目《はめ》となってしまったのです」

「お嬢さんの名前はお里さんでしたか」

「ええ」

「あたし、実家が源兵衛堀の近くでしたから、お姉ちゃんと見に行ったのですよ。お嬢さん、堀に仰向けに浮かんでいましたよ。まるでお人形さんのようだった。黄八丈のお着物がやけに鮮やかでしたよ」

「そう……」

「庵主さま。本当にこれをいただいてよろしいのですか」

おなかは我に返ったように重箱に眼を向けた。

「ええ、ご遠慮なく」

「嬉しい。きっと、うちの人も子供達も喜ぶ。あ、重箱は洗ってお返ししますから」

「いいえ、重箱も差し上げますよ」

「え？　でも、上等な重箱ですよ。塗りもしっかりしてますし」

「お花見のためだけに用意した重箱ですから、お花見が済めば用なしなのですよ」

「それじゃ、あたし、大事にします。来年のお正月には、これにおせちを詰めることにします」

「喜んでいただければ、あたしも嬉しいですよ」

浮風はおなかに笑って応えた。おなかは何度も礼を言って帰って行った。

＊

浮風はお里が亡くなった時のことは知らなかった。それはまだ、浮風が千寿庵に来る前のでき事だったからだ。しかし、千寿庵を興《おこ》して一年目の春、お峰はやって来た。今日と同じように花見の仕度をして。

お峰はお里が亡くなる前に花見に行こうと約束していたそうだ。娘との約束を叶《かな》えるために、お峰は向島にやって来ていたが、花見の時季は周りがやかましく、また源兵衛堀の土手に座っていると通り過ぎる者が好奇の眼で見るので落ち着かなかったらしい。

あてもなく堀沿いを東へ歩き、千寿庵に気づいたという。

「ここに桜の樹がありますか」

お峰は切羽《せっぱ》詰まった表情で浮風に訊いた。突然のことで浮風は驚いた。だが、お峰は実はこういう訳で、と浮風に仔細《しさい》を語った。浮風はお峰が気の毒で貰い泣きしたものだ。

千寿庵に桜はあったが、それは浮風が植えたものではなく、もともと、そこにあったものだった。今よりずっと丈が低く、花見をするには貧弱に思えた。だが、お峰は構わないと言った。まだ本堂ができておらず、山桜の樹の前に赤茶けた畑があって殺風景な景色だったが、お峰は嬉々《きき》として赤い毛氈を拡げた。ようやく人目を気にせず花見をする場所を見つけたので、ほっとしているようであった。

浮風は母屋の窓から何気なくお峰の様子を眺めていた。お峰は重箱を拡げた後は、ぼんやりと山桜を見上げているばかりだった。

お峰はお里の面影を思い出していたのだろう。

(可哀想《かわいそう》に)

浮風がぽろりと涙をこぼした時、奇跡が起きた。山桜の樹の陰から若い娘が現れたのだ。

今日と同じように黄八丈の着物に黒い緞子の帯を締め、花簪を揺らしながら。

お峰は口許に手を当て、大きく眼を見開いてその娘を見つめ、しばらく声を出せなかった。それでいて、激しく涙を流していた。

「泣いてばかり。もう、十年も経っているのに」

お里は詰《なじ》るように言った。

「だって、お前……お前、本当にお里かえ」

お峰は荒い息をしながら、ようやく声を出した。

「あたしがお里じゃなかったら誰なの？」

「お里なんだね」

「そうよ。いつもおっ母さんの傍にいるのに、おっ母さんはちっとも元気になってくれない。あたし、いらいらしてお説教をしに来たのよ」

「どこから？」

そう訊くと、お里は天を指差した。お峰は天を仰ぎ、それから視線を母屋に向けた。そして浮風と眼が合った。

「庵主さま！」

悲鳴のように叫んだ。浮風は掌を合わせ、そっと肯《うなず》いた。

「夢じゃない、夢じゃない。あたしはお里に逢《あ》えた」

お峰は興奮気味に喋った。

「庵主さま、ごきげんよう。庵主さまは御仏《みほとけ》にお仕《つか》えするお方ですから、あたしのことはわかって下さいますね」

お里は厳しい表情で言った。暗に他言無用と釘を刺していた。

「もちろんですとも」

浮風は応えた。いずれ、自分の前にこうした展開が訪れることを浮風はどこかで予想していたので、その時は不思議に落ち着いていたと思う。

「だったら、ちょっとこちらへいらして。おっ母さん、頭に血が昇ったままだから」

お里は苦笑交じりに言った。

「それではお言葉に甘えて」

浮風は草履を履いて、二人の傍に行った。

間近で見るお里は本当に可愛らしく、今さらながら、奪われた命が惜しまれた。

「町家の女房が御仏にお仕えする覚悟を決めたのは、その類《たぐい》まれなるお力のせいね」

お里は浮風の本質を即座に看破《かんぱ》した。

「どういうこと？」

お峰は怪訝《けげん》そうに浮風とお里を交互に見る。

「はい、おっしゃる通りでございます。子供の頃から、わたくしは幽霊が見える質《たち》でございました」

浮風は低い声で言った。

「幽霊などと俗な言葉を遣わないで。魂《たましい》とおっしゃって」

お里は眉間《みけん》に皺を寄せた。

「申し訳ありません。まだ修行が足りないものですから」

浮風は恐縮して頭を下げた。

「亡くなったご亭主は庵主さまにとって、二人目のお方ね」

「これ、お里、無礼ですよ」

お峰は慌ててお里を制した。

「いいえ、構いません。その通りでございますから」

浮風は笑ってお峰をいなした。

「最初のご亭主はひどい人ね。女好きで乱暴者で、庵主さまのお腹に宿ったお子も、ご亭主が酒に酔って乱暴を働き、流れてしまった。庵主さまは、その後、子供の産めない身体になってしまわれた。本当にお気の毒。でも、ご亭主に罰《ばち》が当たり、酒毒が五臓六腑《ごぞうろっぷ》に回って、とうとういけなくなった。庵主さまはそんなご亭主を最期まで看病なされた。ご立派でしたよ」

「畏《おそ》れ入ります」

「でも、庵主さまを黙って見守っていたのが、次のご亭主でしたね。次のご亭主との暮らしはお倖せでしたでしょう?」

「お蔭さまで」

「お里。お前、そこまでわかっていて、どうして庵主さまの次のご亭主をお守りしてやれなかったのだえ」

お峰は不満そうに口を挟《はさ》んだ。

「寿命は定められているものだから、それは仕方のないことなのよ」

お里は諦《あきら》めたように応えた。

「それじゃ、お前がかどわかされた挙句《あげく》に殺されちまったのも仕方のないことなのかえ。そんなこと、おっ母さんは承知できない」

お峰は憤《いきどお》った声で言う。

「人が死ぬ理由は殺されるか、病《やまい》か、自害《じがい》か、この三つなのよ。お年寄りが静かに死ぬこともあるけど、それだって、五臓六腑が弱り、ごはんが食べられなくなったためなのよ。だから、最期は病で死んだのよ。人の死を左右するのは、その人の持って生まれた寿命なの」

お里は嚙《か》んで含めるようにお峰に話した。

「お前が死んだのも寿命かえ」

「そう。あんなことがなくても、早晩、あたしの命ははかなくなったと思う」

「いやだ、いやだ」

お峰は腰を折って泣き崩れた。

「泣かないで、おっ母さん。あたし、こうしておっ母さんに逢いに来たじゃないの」

「お内儀さん。お里さんは次の世でも、あなたの娘さんになるはずですから」

浮風もお峰を慰めた。

「本当？　本当ですか、庵主さま」

お峰は顔を上げ、子供のように無邪気に訊いた。

「ええ、本当ですよ」

浮風は優しく応えた。
「ありがとうございます」
ようやく落ち着いたお峰を見て、お里は、ふと思いついたように「この庵には
ご本尊がないのね」と言った。
「ええ。わたくしは恰好こそ尼ですが、何も修行を積んでいない俄《にわか》尼僧です。
亡き夫の菩提を弔う目的でここへ参りましたので、ご本尊は特に安置しておりま
せん」
「庵主さまは、もう立派に仏に仕えるお方ですよ。俄尼僧などと自信のないこと
をおっしゃっちゃいけません。ご本尊は弥勒菩薩さまをお祀《まつ》りなさいませ。それ
と、おっ母さんはこの桜の下に地蔵を建てて。地蔵は子供の守り神だから、あた
しだけでなく、他の子供達もお守りするはずよ。そうそう、千寿庵は貧しいお寺
だから、時々、寄進をなさってね」
「これ、そんな失礼なことを」
お峰は慌てて制した。だが、浮風は「お里さんのお気持ち、ありがたく受け留《と》
めておきましょう」と言った。
「おっ母さん、毎年、桜の花がちょっとだけ散り始めた頃、ここへ来て。そうし

たらあたし、きっとおっ母さんに逢いにくるから」

「本当かえ。約束しておくれ。指切りげんまんだよ」

お峰はお里と指切りして、絡《から》めた指を揺すった。お里はふっと笑い、それから
「それじゃ、またね」と言って姿を消した。

浮風とお峰は、しばらく言葉もなく、その場に呆然と座ったままだった。お里はお峰に生きる勇気を与え、浮風にはこれからの千寿庵のあり方を教えてくれたと思う。

お峰が地蔵を建てたのをきっかけに、子を亡くした母親もそれに倣《なら》うようになったのだ。お峰のように、亡くした子の姿をはっきり見ることのできる母親もいれば、そうでない者もいる。それもまた、弥勒菩薩の思《おぼ》し召しだと浮風は考えるようになった。

＊

夕方、浅草の蠟燭問屋「伏見屋《ふしみや》」のお内儀のお松《まつ》と手代《てだい》の治助《じすけ》が千寿庵を訪れた。

「遅くにお邪魔して申し訳ありません。もう少し早く伺おうと思っていたのですが、お磯の友達もたくさんいらして、形見分けなどをしていたものですから、すっかり刻《とき》を喰ってしまいまして」

お内儀のお松はそう言って、菓子折りと布施《ふせ》の包みを差し出した。

「今年のお花見はなさいましたか?」

礼を述べてから、浮風はお松に訊いた。

「あたし、もうお花見には出かける気になれないのですよ。出かければ、決まって去年のことを思い出してしまいそうで……」

「でも、お磯さんはご家族でお花見に出かけた気持ちでいるのではないでしょうか」

「どうしてですか」

お松は怪訝な顔で訊く。

「いえ、ふっとそんな気がしただけでございます」

浮風はとり繕うように言った。

「や、桜餅がある。長命寺前のものですよ、お内儀さん」

治助は弥勒菩薩像の前に供えていた桜餅の籠に眼を留め、驚いた声を上げた。

「偶然ですよ。ここは向島にも近いから、どなたかがお持ちしたものでしょう」

お松は浮風をちらりと見てから、治助に言った。

「ですが、仏壇の前から桜餅が籠ごとなくなっていたんですよ。誰に訊いても心当たりがなかった。これは、お嬢さんが……」

治助は承服できない様子だった。

「おやめ、治助。つまらないことはお言いでないよ」

お松はぴしりと制した。

「桜餅がどうかなさいまして？」

浮風は何気ないふうを装って訊いた。

「いえね、二、三日前にお磯のなかよしだったお友達が向島へお花見に行ったとかで、お土産に桜餅を届けてくれたんですよ。あたしは一周忌の仕度でばたばたしていたものですから、お仏壇にお供えして、そのまま、忘れていたんですよ。今日になって、お坊さんがいらっしゃるからと、お花を新しくして、水菓子やお菓子をお供えしたところ、どうした訳か桜餅の籠がなくなっていたんです。きっと、店の小僧でも、ちゃっかり持って行って食べてしまったんでしょうよ。そんな大騒ぎすることでもありませんよ」

お松は埒《らち》もないという表情で応えた。

「そうですか……」

浮風もそれ以上は言わなかったが、治助はまだ思案顔をしていた。

「お蔭さまで、お磯の一周忌は滞《とどこお》りなく済ませました。その節は庵主さまに大変お世話になりました。ありがとう存じます」

お松は居ずまいを正し、丁寧に頭を下げた。

「それはよろしゅうございましたね。ところで、少々、申し上げ難《にく》いことですが、お磯さんの縁談相手だった房次郎さんは、まだ独り身のままとか。お内儀さんもさぞや気掛かりではなかろうかと思っておりました」

「ええ、そうなんでございますよ。お磯も早まったものです。もう少し落ち着いて考えてくれたら、何か手立てがあったものを。若い娘というのは思い詰めるとしょうがないものでございます」

お松は吐息交じりに言ったが、万福堂のお峰と違い、思いを振り切って、さばさばした表情だった。それが浮風を少し安心させた。

お磯は昨年、曳舟川で溺《おぼ》れ死んでしまったのだ。水深はそれほどない川なのだが、その時は前日に降った雨のせいで水嵩《みずかさ》が増していた。舟の船頭が川に浮かんでいたお磯を見つけ、慌てて千寿庵に運んで手当てをしたが、お磯は息を吹き返さなかった。最初は自害かと思っていたが、川や海で自害する者は履物を脱ぐ癖がある。お磯にはそれがなかった。

後で中之郷《なかのごう》の岡っ引きが川岸を調べたところ、土の崩れた跡があったという。お磯が過《あやま》って川に落ちた可能性も否《いな》めなかった。まあ、その時のお磯の心持ちも尋常ではなかったので、今となっては自害か事故か、どちらとも言えないことではあるが。

困ったことに、お磯には自分が命を落としたという自覚がなかった。この世とあの世の狭間《はざま》をいつまでもさまよっているのだ。

一周忌の法要を済ませればお磯も了簡《りようけん》するものと浮風は考えていたが、相変わらず、仏壇の桜餅を掠《かす》め取ったりして気軽に千寿庵を訪れている。成仏《じようぶつ》するにはまだまだ時間が掛かりそうだった。

「それで庵主さま。石屋に地蔵を頼んでおりまして、近々、完成するはずですので、どこか適当な場所に置かせて下さいまし」

お松はその話をしたくて、忙しい合間を縫って千寿庵を訪れた様子だった。

「承知致しました。山吹《やまぶき》の植え込みの辺りはいかがでしょうか」

「まあ、それはそれは。お磯も喜びますことでしょう」

お松は、ほっと安堵《あんど》して笑顔を見せた。

小半刻《こはんとき》（約三十分）後、お松と手代の治助は帰って行った。近々、千寿庵に新しい地蔵が運び込まれることだろう。お磯のことだから、これはどこの家の地蔵かと無邪気に尋ねるかも知れない。その時は伏見屋のものだと、はっきり説明しなければならないだろう。

お磯は怖い眼で自分を睨むだろうか。それを考えると浮風は少し憂鬱《ゆううつ》だった。しかし、怖い眼だろうが、その姿を見せてくれるだけで浮風はありがたいと思う。浮風は自分の役割を千寿庵に来て、ようやく納得することができた。あの世とこの世を繋《つな》ぐ間に自分がいると思う。言わばあの世への水先案内人だ。亡き人をいつまでも忘れられない者に少しだけ手を差し伸べる。残された者がそれによって生きる力を取り戻すことができるのなら御《おん》の字だ。

浮風はお松と治助を見送ると、山門の扉を閉め、ゆっくりと本堂に戻った。おなかが持ってきてくれた大根の煮物を弥勒菩薩像と夫の墓前に供えるつもりだった。その前に米を研《と》いでごはんを炊かなければならない。独り暮らしでも、やることが結構あって、これでなかなか忙しいのだった。

＊

夜になって風が出てきたようだ。木々を揺らす風の音は亡者達の声にも聞こえて、浮風は胸がぞくりとする。自分はまだまだ修行が足りないと苦笑が込み上げる。戸締りを済ませ、浮風はその日最後の読経《どきょう》をするため、本堂に向かった。大蠟燭に火を灯すと、金箔《きんぱく》を施した弥勒菩薩像の温顔《おんがん》が浮風を見下ろす。

「本日も恙《つつが》なく過ごすことができました。ありがとう存じます」

そう前置きして、読経を始めた。浮風の声が本堂にこだまするように響く。読経をしていると、不思議に気持ちは安らぐ。いずれ自分の命がはかなくなるその日まで、浮風は読経を続けるだろう。死は、恐れることではない。人はいずれ生まれ変わって、この世を再び生きることができるのだから。肉体は滅びても魂は不滅である。

前夫の酒乱に悩まされていた時、自分は前世でどのような悪業を働いたのだろうかと思うことがあった。前世で自分は夫をないがしろにした悪妻だったのではないか。その報《むく》いを現世で受けているような気がした。それならそれで仕方がないと思いながら、前世の記憶がないことが恨めしかった。また、子が授からなかったことも何か理由のあることだったのだろうか。

前夫が亡くなり、弔いを済ませたある夜、前夫は夢に現れた。前夫は涙ながらに浮風に生前の狼藉《ろうぜき》を詫《わ》びていた。

「いいんですよ、もう」

浮風も涙をこぼして前夫を許した。そして、四十九日が過ぎた頃、次の夫が家に訪れた。

真銅清太郎《せいたろう》は刀鍛冶《かたなかじ》で前夫の幼なじみだった。前夫の死をしばらく知らなかったという。

前夫は幕府に仕える武士だったが、酒乱のために小普請組《こぶしんぐみ》に落とされていた。以前は勘定奉行所に所属し、その頃は清太郎に刀の世話を任せていたという。しかし、小普請組に落とされてからは、交流はぴったりと途絶えていたのだった。

前夫には前夫なりの武士の意地があったのだろう。

清太郎と話をする内、清太郎が数年前に妻を亡くし、その後、独り暮らしをしていることを知った。清太郎にも子供はいなかったことも。

どちらが先に相手に魅《ひ》かれたのかはわからない。恐らく同時だったのではないだろうか。

水が高い所から低い所へ流れるように二人は自然に寄り添ったのだ。浮風は前夫の親戚筋に家督を譲り、家を出た。それから清太郎との新しい暮らしを始めた。清太郎の店は年寄りの番頭が一人いるだけの小さなものだった。客は刀を誂《あつら》えるだけでなく、研ぎや手入れに訪れる者も多かった。

地味な商いながら、毎日客が訪れ、浮風は茶を出したり、世間話の相手をしたりして、忙しく過ごした。年寄りの番頭も浮風には最初から好意的に接してくれて、居心地がよかった。何より、清太郎が前夫のように高い声を上げたり、暴力を働かないのが浮風には嬉しく、安心できることだった。だが、子のない寂しさは、いつも感じていた。

清太郎は死ぬ二年ほど前、そっと浮風に訊いた。

「わたしが死んだら、あんた、どうするつもりだい」

「そんな縁起でもない」

浮風はそう応えたが、清太郎は真顔だった。

「わたしらには子供がいないから、先を託すこともできない。今から考えておかなければ、その時になって大慌てになるよ」

「お前さまにもしものことがあった時は、この店を畳み、わたくしはどこか田舎へ引っ越し、静かに暮らすつもりですよ」

「ああ、それがいいね」

清太郎は笑顔で賛成してくれた。

「その先はお前さまの菩提を弔うことがわたくしの仕事となるでしょう。お前さま、わたくしが寂しくならない内にお迎えにいらっしゃって」

浮風は甘えた声でねだった。

「さあ、それはどうだろう。あんたにはまだまだするべきことがあるように思うがね」

「するべきこと？」

「ああ。はっきりとはわからないが、あんたには人の役に立つ仕事が残されているような気がするのだよ。きっと、その仕事をするために神さんはあんたに子を授けなかったようにも思えるのだよ」

清太郎の言っていることが、その時の浮風にはわからなかった。

「買い被《かぶ》りですよ。わたくしは何もできない女です。せめて血を分けた子がいたらと考えるのは女なら誰でも当たり前のこと。わたくしは人様の役に立つよりお前さまの子を育てたかった。今さらできない相談ですけど」

「あんたは自分の能力に気づいていない」

「どのような能力ですか？」

そう訊くと、清太郎はふっと笑い、「わかっているじゃないか。あんたはこの世の人でなくとも話ができる。そいつは癖なのか、天性なものなのかわからないけど」と言った。

「癖だなんて……」

「世間には様々な人がいるよ。まさか手前《て》ェ《め》の女房にそんな力があるとは思わなかったよ。正直、そんな自分が怖くないかい」

「最初は、そりゃあ怖かったですけれど、慣れとは不思議ですね。へっちゃらになりましたよ」

「おもしろい人だ。だが、あんたの能力は貴重だから、それを生かして人の役に立つことを考えた方がいいよ」

思えば、それが清太郎の遺言だったのかも知れない。清太郎が亡くなると、浮風はその時の言葉を思い出していたのだ。

迎えに来てと、堅く約束すればよかったと浮風は後悔していた。千寿庵に移り住んでから、浮風は一番逢いたい人に逢えずにいる。清太郎は浮風の前に、その懐《なつ》かしい姿を決して見せてはくれなかった。なぜなのか。浮風はそのことに悩む。清太郎は肝《きも》の据《す》わった男だったから、迂闊《うかつ》にこの世をふらふらしないのだろうと思いながら、浮風は寂しかった。

きっと、自分の命がはかなくなる時、清太郎は目の前に現れるのではないだろうか。浮風は淡い期待を持って、その時を待ち望んでいる。

清太郎の温かい手に導かれて向かうのは、この千寿庵より、もっともっとたくさんの花が咲き乱れる夢の国だろう。

（ああ、楽しみ）

浮風は胸で呟くと、静かに床へ就《つ》いた。それから間もなく深い眠りに落ちて行った。

千寿庵の境内は闇に包まれている。その中で山桜の花びらがひとつ、ふたつと散る。花びらはお里の地蔵の上にも降り積もる。誰もいないはずの境内に青白い光が蛍のように瞬《またた》く。

それに気づいた鳥が布を切り裂くような鋭い鳴き声を立てた。

金棒《かなぼう》引き

一

板場で蒸《ふ》かしているもち米や、あずきを煮る甘い匂いが、母屋《おもや》の客間まで流れていた。

日本橋品川町《にほんばししながわちょう》の菓子屋「吉野屋《よしのや》」は、今日も朝から職人達が菓子作りに余念がなかった。

江戸は桜も終わり、庭のつつじが造花かと見まごうほど艶《あで》やかに咲き揃《そろ》っている。おこうは盆に載《の》せた菓子と茶の入った湯呑《ゆのみ》を客間へ運ぶ途中、縁側廊下で、つかの間足を止め、白や濃紅《こきくれない》のつつじに見とれた。つつじは亡き姑《しゅうとめ》が丹精していたものである。普段は雑用に追われて姑のことなど忘れているが、つつじが咲く季節だけは、ああ、おっ姑《か》さんのつつじが今年も咲いたと、しみじみ思ってしまう。おこうが嫁入りした時、舅《しゅうと》はすでに亡くなっていて、代わりに姑のおとよが吉野屋の店と奥とを気丈に束《たば》ねていた。きつい性格でもあったので、おこうは叱《しか》られて何度か泣いたことがある。

おとよの唯一の趣味は草花の手入れだった。母屋の庭は南に面しているので、草花がよく育った。四季を通して庭には何かしら彩《いろど》りがあった。その中でもつつじは近所でも評判になるほど見事に咲く。おとよは、暇を見つけてはまめに水遣《みずや》りしたり、しおれた花びらを取り除いたりしたものだ。つつじを眺めるおとよの眼は普段とは別人のように優しく細められていた。

「何をしている」

亭主の佐兵衛《さへえ》が客間から首を伸ばして声を掛けた。

「いえ、ちょっと、つつじがきれいだったもので」

おこうは慌《あわ》てて茶菓《さか》を載せた盆を持って客間へ入った。朝の四つ（午前十時頃）を過ぎた辺りに新兵衛《しんべえ》が訪れて来た。新兵衛は三日と間を置かずに訪れる佐兵衛の友人である。

新兵衛は日本橋伊勢町《いせちょう》で「川越屋《かわごえや》」という佃煮屋を営《いとな》んでいる。

おこうが吉野屋に嫁いで、何が一番驚いたかと言えば、佐兵衛と新兵衛が、いつもおみきどっくりのようにつるんでいることだった。

幾ら子供の頃からの友人でも、女房を持ち、子供が生まれたら顔を合わせる機会は自然に少なくなるものだ。だが、二人は実の兄弟以上にお互いを案じ、二六《にろく》時中《じちゅう》一緒にいても倦《う》む様子がなかった。

独《ひと》り者の時、新兵衛は吉野屋にひと廻り（一週間）も居続けたことがあるという。

居続けは遊女屋の客に遣《つか》う言葉で、堅気《かたぎ》の商売の家では、とんと遣わない。おこうは得意気に話した佐兵衛に内心で呆れたものだ。

佐兵衛がおこうと祝言《しゅうげん》を挙げると、半年後に新兵衛も今の女房と祝言を挙げた。それも示し合わせたような感じに思えてならなかった。

「お前さんはあたしより新兵衛さんを女房にしたかったのじゃないかえ」

おこうはそんな悪態《あくたい》をついたこともある。

「ばか言っちゃいけない。新兵衛とは餓鬼《がき》の頃からのつき合いだから、気を遣わなくていいんだよ。向こうもそう思っているのさ。お互い商売を続けていると、それなりに苦労があるよ。おれにとって愚痴《ぐち》を言えるのは新兵衛だけなんだよ。二人で酒を飲んで憂《う》さを晴らし、また明日もがんばろうと励まし合って来たんだよ。妙なことを言いなさんな。だいたい、幾ら新兵衛となかよくしたって、子供を拵《こしら》えることはできないだろうが」

佐兵衛はそう言って、ぷっと膨《ふく》れたおこうのほっぺたをつんつんと突いた。佐兵衛は口のうまい男である。いつもおこうはうまく丸め込まれてしまうのだ。

新兵衛も同じことを女房のおたえに囁《ささや》いているのだろう。しかし、新兵衛の所は佐兵衛の両親より若かったせいもあり、ついこの間、父親が亡くなったばかりである。後に残された母親のおふでは七十近い年だが矍鑠《かくしゃく》としていて、今でも奉公人や金の出入りに眼を光らせていた。おたえの気苦労は当分続きそうである。新兵衛が吉野屋を訪れる回数に比べ、佐兵衛が川越屋へ行く機会は少ない。新兵衛は嫁姑のごたごたから逃れたいせいで吉野屋を頻繁《ひんぱん》に訪れるのではないかとも、おこうは思っている。おたえは家の中のことを済ませると、店の奥で職人と一緒に佃煮作りも手伝っているという。健気《けなげ》な女房である。だが、嫁と母親が互いの不満を新兵衛に囁いていることはそれとなく察せられた。近頃、新兵衛の月代《さかやき》の辺りがとみに禿《は》げ上がってきたのは、心労のせいかも知れない。新兵衛は佐兵衛と同い年の四十六歳だ。まあ、心労はなくても、その年になれば禿げる者も多い。佐兵衛は禿げていないが、髪の毛は相当に白くなった。

その日、新兵衛は土産に川越屋の目玉商品「おじゃこ」の包みを携《たずさ》えてきた。おじゃこはちりめん山椒《さんしょう》のことである。こまかいちりめんに青い山椒の実の取り合わせがきれいで、おこうの好物でもあった。それは佃煮というより、ふりかけに近い。ごはんに掛けるのはもちろん、冷奴にもよく合う。他の佃煮のように味が濃くないのもおこうが気に入っている理由だった。

「今日はよいお日和《ひより》ですね。新兵衛さん、おじゃこをありがとうございます。いつもいただいてばかりで申し訳ありません。ささ、お茶をおひとつ」

おこうはにこやかな笑顔で新兵衛の前に菓子盆とお茶を差し出した。

「気が利《き》かないねえ。酒はないのか」

佐兵衛は不機嫌そうに口を挟《はさ》んだ。

「いいよ、いいよ、佐兵衛。こんな時刻から飲んじゃ、夜にはすっかりでき上がっちまう。それでなくとも、おこうさんは昼酒をかっ喰らう奴が嫌いだ。おれはおこうさんに嫌われたくないからお茶で結構だよ。お、柏餅《かしわもち》か。吉野屋の柏餅は天下一品だからね」

新兵衛は愛想のよい笑顔で柏餅にかぶりつく。

「夜もおでかけのご予定があるのですか」

おこうは、きゅっと眉《まゆ》を引き上げて訊《き》く。

二人はその拍子に居心地悪そうに顔を見合わせた。

「近頃は世の中が物騒だから、商売している者は何かと用心しなけりゃならないんだよ。町内の肝煎《きもい》りが、いざという時の心構えを教えて下さるそうだ。聞いておけばためになると思ってね」

　佐兵衛は言い訳する。どうせ、その会合の後は新兵衛とどこかの居酒屋にでも繰り出す魂胆《こんたん》をしているに違いないと思ったが「人相の悪い浪人がうろちょろするようになりましたよ。米屋さん、酒屋さんは被害を蒙《こうむ》っているようですね。あたしらも、いつどうなるのか知れたものじゃありませんよ。攘夷《じょうい》なんて、浪人どもにとっちゃ、店を襲う口実に過ぎませんもの」と、おこうは二人に合わせるように言った。

　文久《ぶんきゅう》二年（一八六二）、江戸市中は攘夷運動が激しくなる一方で、この頃は、町々で見かけるようになった異人が危険に晒《さら》されていた。辻番所の横には異人の保護を訴える立て札もあったが、攘夷運動にはやる浪人どもには何《な》んの効果もなかった。

「ペルリが来てからこっち、まあ、江戸も物騒になったもんだ。おこうさんの言うように、これからどうなるんだか心配だなあ」

　新兵衛は真顔で言うと、湯呑の蓋《ふた》を取り、茶をぐびりと飲んだ。

「アチ」

「あら、熱かったでしょうか」

おこうは慌てて新兵衛に訊く。

「大丈夫、大丈夫」

新兵衛は中腰になったおこうを安心させるように手で制した。

「相変わらず、そそっかしい男だ」

佐兵衛は苦笑して自分も湯呑を口に運ぶ。

「何んだ、別に熱くもないよ。お前、猫舌かい？」

「酒の熱燗《あつかん》は平気なんだが……」

新兵衛は悪戯《いたずら》っぽい表情で応えた。

「都合のいいことばかり言う。そろそろ倅《せがれ》が嫁を迎えたり、娘が嫁に行く年になったんだから、少しはしっかりしなくちゃいけないよ」

佐兵衛は鹿爪《しかつめ》らしい顔で小言を言った。

お互い女房を貰《もら》って二十年近くになる。佐兵衛とおこうの間に息子が二人だけなのに対し、新兵衛は五人の子沢山だ。その内、息子は一人だけで、後は娘ばかりだった。

「よく言うこと。その台詞《せりふ》、そのまんまお前さんにお返ししますよ。ねえ、新兵衛さん」

おこうは新兵衛の肩を持つように言う。新兵衛は決しておこうに逆《さか》らわない男なので、笑って肯《うなず》いた。

「ところで、嫁で思い出したが、京の天子様のお妹さんが公方《くぼう》様のご正室に上がって少し経《た》つが、うまく行っているんだろうか。おこうさん、何か聞いていないかい」

新兵衛がおこうにそう言ったのは、おこうが存外、世情に通じていたせいだろう。いや、世間は陰でこっそりおこうのことを「金棒《かなぼう》引き」と言っていた。世間の噂《うわさ》好きという意味である。

そう言われても仕方がないとおこうは自分でも思っている。ジャンと半鐘《はんしょう》が鳴れば、近間だったら、寝間着の上に半纏《はんてん》を引っ掛けて火事場へ駆けつける。近所の裏店《うらだな》で夫婦喧嘩《げんか》が起きれば、聞き耳を立てずにはいられない。

おこうは子供の頃から野次馬根性が強かった。そのために何度、両親に叱られただろうか。そのくせ、何かあると両親はおこうに詳しい事情を聞きたがった。

佐兵衛は、おこうの野次馬根性をさして咎《とが》めはしなかった。夜中に半鐘の音で、がばと起き上がると「また、始まった。例の癖《くせ》が」と呆れた声で言うだけだった。お蔭《かげ》で実家にいた頃より、のびのびと振る舞うことができたと思っている。

「上《うえ》つ方《かた》の噂は、あたしら下々《しもじも》の耳にはなかなか届きませんよ」

おこうはさり気なく応える。公武合体とか公武一和など、難しい言葉を掲《かか》げて孝明《こうめい》天皇の異母妹である和宮《かずのみや》が将軍徳川家茂《いえもち》の許《もと》へ輿《こし》入れしたのは、ついこの間の二月のことだった。

「天子様はお上に攘夷を勧《すす》めるため大事な妹を江戸へ出したそうだが、それで異人を追い払うことができるのかどうか、はなはだ怪しいなあ」

新兵衛は思案顔で言う。

「へえ、お前はこの国のことを本気で心配しているのかい。そいつは恐《おそ》れ入谷《いりや》の鬼子母神《きしもじん》様だ」

佐兵衛は茶化す。

「だってよう、エゲレスは阿片《あへん》戦争で清《しん》の国を手前《てめ》ェの領地のようにしちまったそうだぜ。この国の周《まわ》りの海は、ペルリの国ばかりじゃなく、エゲレスもオランダもロシアも船を出して様子を窺《うかが》っているんだとよ。恐ろしい話じゃねェか。これで戦《いくさ》にでもなってみろってんだ。江戸なんざ、あっという間に火の海よ」

「怖いですねえ」

おこうも眉をひそめて言った。

「でも、どうして天子様の妹のお姫様が公方様のご正室になれば、異人を追い払えると考えたのかしらん。あたしはそれがよくわからないの」

おこうは怪訝《けげん》な顔で続けた。

「おこうさん。世の中で一番偉いのは誰だと思っている？」

新兵衛は試すようにおこうへ訊いた。

「そりゃ、公方様じゃないですか。公方様とその取り巻きがこの国を動かしているのでしょう？」

「いいや」

新兵衛はきっぱりと否定した。おこうは助け船を求めるように佐兵衛の顔を見た。煙管《きせる》を吹かしていた佐兵衛はおこうの視線に気づくと、灰吹きに雁首《がんくび》を打った。

「東照大権現《とうしょうだいごんげん》（徳川家康《いえやす》）様が関《せき》が原《はら》の戦で天下を取ると、江戸に幕府を開きなすった。それからまつりごとは江戸で行なわれるようになったが、京の天子様の権威というものは守られたのだよ。つまり、何事もお上がお決めになったことは天子様の了解を得なければならない仕来《しき》たりなのさ。だからお上は天子様と組んでまつりごとをうまく運ぼうと考えたのさ。そのために宮様を江戸へお迎えした。ま、そういうことは昔からよくあったことだよ」

佐兵衛はおもむろに口を開いた。

「じゃあ、この国で本当に偉いのは天子様？」

「建て前はそうさ」

「建て前って……」

おこうは理解できなかった。

「おこうさん。天子様ばかりじゃなく、お公卿《くげ》さんは今じゃ金も力もないが、大昔の地位や身分を引き継いでいるんだよ。だから貧乏公卿でも、そこいらのお大名より、よほど高い位を持つ者がごろごろいるんですよ。さすが千年の都は違う」

新兵衛が佐兵衛の話を補足する。

「あんた達、もの知りだこと。どこでそんなお勉強をなさったんです？」

おこうは感心して言った。

「おれ達は十三まで手習所《てならいどころ》へ通ったが、おれと新兵衛のことだ。さっぱり身につかなかった。それで、新兵衛の親とうちの親が相談して、しばらく八丁堀《はっちょうぼり》のお儒者《じゅしゃ》の所へ通わせられたのさ。そこの師匠はおれ達が商家の倅《せがれ》だから、難しいことは覚えなくてもいいと言ったよ。その代わり、世の中の理屈を覚えろってんで、色々教えてくれたのさ。話がうまい師匠だったんで、退屈しなかった。何より、新兵衛と一緒というのがよかったよ」

「まあ、そうだったんですか。それでお前さんと新兵衛さんの仲は、ますますよくなったってことですね」

おこうは納得して笑顔になった。

「さて、ここからおこうさんの出番だが」

新兵衛はにやりと笑った。

「何んですよ、あたしの出番って」

「この度《たび》、公方様にお輿入れなすった宮様のことだが……」

「確か和宮様とおっしゃいましたね」

「さすが、おこうさん。よくご存じで」

新兵衛はそう言って、佐兵衛に煙管をよこせというように顎《あご》をしゃくった。佐兵衛は襦袢《じゆばん》の袖で煙管の吸い口を拭《ふ》くと、新しい刻《きざ》みを詰めて新兵衛に渡した。新兵衛は火鉢の炭で火を点《つ》けると、白い煙をもわりと吐いた。

「宮様はおみ足が悪いということだった」

新兵衛は低い声で言った。

「まあ、お気の毒に」

「おまけに左手の手首から先がないらしい。生まれつきなのか、それとも何かの事情でそうなったか知れないが……いや、それよりも、宮様が替え玉だという噂がもっぱらなんだ」

衝撃がおこうの胸の鼓動を高くした。前の将軍、十三代徳川家定《いえさだ》は正室の運に恵まれず、今の天璋院《てんしょういん》（篤姫《あつひめ》）の前に二人の公卿の姫を迎えていた。初婚は鷹司《たかつかさ》政通《まさみち》の養女有姫《ありひめ》（任子《あつこ》）だったが、婚姻から八年目に疱瘡《ほうそう》で亡くなっている。次が一条忠良《いちじょうただよし》の息女寿明姫《すめひめ》（秀子《ひでこ》）だった。この寿明姫は背丈《せたけ》が四尺（約百二十センチ）に足りなかった。乗り物の蓋を開けて立っても、首が僅《わず》かに見えるだけだったという。家定がいささか常軌《じょうき》を逸した振る舞いのある人間だったので、寿明姫はどのような扱いをされたものか、輿入れして半年そこそこで亡くなっている。寿明姫の噂は江戸市中に流れ「箱入りの京人間を連れて来て一丈

（一条）あるとは無理な姉さま」という落首《らくしゅ》が詠《よ》まれたという。姉さまは家定と寿明姫の婚姻を画策した大奥の上臈姉小路《じょうろうあねのこうじ》を指していた。

さらに、寿明姫の死は家定公が癇癪《かんしゃく》を起こして手打ちにしたとか、家定公の愛妾《あいしょう》お志賀《しが》の方《かた》が毒殺したとか、様々な噂が拡がった。

挙句《あげく》に寿明姫が一条家の姫ではなく、替え玉であったという噂まで流れた。それは有姫が亡くなって寿明姫との婚姻が結ばれるまで、あまりに急であったためかも知れなかった。

おこうはその話を実家の母親から聞かされた時、井戸の底を覗《のぞ》くようなぞくりとする恐怖を感じた。

和宮が寿明姫の噂を知っていたとすれば関東行きを拒《こば》むのも無理はないだろう。だから替え玉を立てたのだろうか。黙り込んだおこうに新兵衛は「おこうさんがご存じでないようでは、これはやはり単なる噂かも知れないなあ」と言った。新兵衛は内心でおこうが何か摑《つか》んでいると踏んでいたのだろうか。幾ら金棒引きでも、禁裏《きんり》や幕府内部のことまでおこうが知る由《よし》もないのに。

「新兵衛さんは何が知りたいのです？　宮様が噂通り替え玉だったら満足なんですか。江戸でちょっとは聞こえた佃煮屋さんの旦那が、まあ、女こどものように世間の噂をまともに取るなんて、ばかばかしいことですよ」

おこうはぴしりと言った。

「お前、何もそこまで言うことはないじゃないか。新兵衛は真相が知りたいだけのことなんだよ」

佐兵衛が慌てておこうを制する。

「真相ですか。ものは言いようでございますね」

おこうは皮肉で返した。つかの間、客間には居心地の悪い空気が漂《ただよ》った。少し言い過ぎたかも知れないと、おこうは後悔した。

おこうは視線を庭へ向けた。つつじは、あるかなしかの風に微《かす》かに揺れていた。不愉快な話を聞いたせいか、濃紅の花びらも、真っ白な花びらも色あせて感じられる。

宮様はつつじの花のようだと、不意におこうは思った。強い陽射《ひざ》しの下で見るより、御簾《みす》越しにそっと眺めるのがいい。

しかし、そのつつじが、もしや造花であったら何んとしよう。おこうは眼をしばたたいた。

偉そうなことを言っておきながら、結局おこうも和宮の噂が気になるのだ。胸の内に収めておくことができない。そんな自分に時々、嫌気が差す。亡き姑のように草花の世話に没頭していれば余計なことを考えずに済むのだが、おこうは眺めるだけで、庭のことは女中任せだった。

「お茶のお代わりをお持ちしましょう」

気を取り直しておこうは腰を上げた。

「茶はもういい。そろそろ昼刻《ひるどき》だから、新兵衛と一緒に外へ出て蕎麦《そば》でもたぐるよ。多分、そのまま会合のある見世《みせ》に行くことになるだろうよ」

佐兵衛はそう言っておこうを制した。

「あら、そうですか。それじゃ、晩ごはんは用意しなくてよござんすね」

おこうは、きゅっと強い視線を佐兵衛に向けて言う。新兵衛は聞こえないふりをしている。

「いや、帰ってから茶漬けぐらい喰うかも知れないから、めしだけは残しておいてくれ」

佐兵衛はにッと笑い、衣桁《いこう》に掛けてあった羽織をずるりと引いた。おこうは佐兵衛の後ろへ回り、身仕度《みじたく》を手伝った。

「そろそろ袷《あわせ》は暑苦しくなったね。この恰好《かっこう》じゃ汗になりそうだ」

佐兵衛は羽織の紐《ひも》を結ぶと独り言のように言った。

「衣替えの日は済んだが、夜は存外冷えることもあるから、今日はそれでいいよ」

新兵衛は女房みたいな口を利く。

「そうだねえ」

佐兵衛も納得したように肯いた。

「佐兵衛、今年は薄物仕立ての羽織を作らないかい。おれ達も年になったから、きっと似合うと思うよ」

新兵衛は、ふと思いついたように言う。

「いいねえ。紗《しや》の羽織なんざ、数寄者《すきもの》のように見えて乙《おつ》だよ」

佐兵衛は相好《そうごう》を崩す。

「お二人とも、何もしなくても十分数寄者ですよ」

おこうは、ふんという感じで口を挟んだ。

佐兵衛は顎を上げて笑い、新兵衛は薄い頭をつるりと撫《な》でていた。

店の奉公人と一緒に中食《ちゅうじき》を摂《と》ったおこうは、桐《きり》の箱に柏餅を入れさせ、それを風呂敷に包んだ。佐兵衛もいないことだし、晩めしまで時間がある。おこうは筋違御門《すじかいごもん》の連雀町《れんじゃくちょう》に住む村山華江《むらやまはなえ》の所に顔を出そうと考えていた。

二

華江はおこうが娘時代に御家流《おいえりゅう》の書道の指南を受けた師匠だった。吉野屋へ嫁いでからも時々は顔を出し、今でもつき合いが続いている。

華江は還暦を過ぎているが、その昔は大奥で女中奉公をしていた女だった。父親は幕府の御納戸《おなんど》役を務め、また、伯母《おば》が大奥の御年寄《おとしより》をしていた縁で華江も十歳の頃より伯母の部屋へ上がり、十三歳の時に御次《おつぎ》を仰せつかり、以後、御台所《みだいどころ》様付の中臈《ちゅうろう》へと出世した。

二十五歳の時に将軍の御小姓《おこしょう》をしていた村山忠右衛門《ちゅうえもん》との縁談が持ち上がり、勤めを退出した。それから忠右衛門の妻として暮らしていたが、忠右衛門が身まかったのを機会に連雀町の小さな家に移り、そこで手跡《しゅせき》指南をするようになったのだ。村山家と華江の間に何かそうしなければならない事情があったのかも知れない。

華江の家は黒板塀を回して、一見妾宅《しょうたく》のような佇《たたず》まいである。小屋根をつけた素通しの格子戸を開け、敷石を少し進むと、やつでの植木鉢の傍《そば》に半間（約九十センチ）の戸口が見える。戸に張られた障子紙は、いつ訪れても白々と清潔だった。おこうは戸を開けて遠慮がちに訪《おとな》いを告げた。

少しして十六、七の女中が出てきた。おこうを見て、にこりと笑った。最近雇われたお梅《うめ》という名の娘である。生まれ在所は羽田《はねだ》村だという。お梅は垢抜《あかぬ》けない娘だが、華江はむしろ、それが気に入っているらしい。

「お師匠《しょ》さん、いらっしゃる？」

気軽に取り次ぎを頼むと、お梅は心得顔で肯いた。

「奥様、日本橋の吉野屋のお内儀さんがお見えになりましたよう」

お梅は奥へ向かいながら、びっくりするような大声を張り上げた。

「そんなに大きな声で言わなくても聞こえますよ」と、華江が小言を言う声が聞こえた。間もなく、華江が土間口に顔を出した。

「ごきげんよう。本日辺り、あなたがいらっしゃるのではないかと思っておりましたのよ」

華江は皺《しわ》こそ増えたが、相変わらず身仕舞いがよく、ごま塩の髪はほつれ一本なかった。

御納戸色の鮫小紋《さめこもん》に黒の緞子《どんす》の帯を締めている。帯締めの錆朱《さびしゅ》の色がいいあしらいだった。

「畏《おそ》れ入ります。主人は会合があるとかで出かけましたので、久しぶりにお師匠さんのお顔を拝見したくなりまして」

おこうは笑顔で応えた。

「鬼のいぬ間の命の洗濯かしら」

華江は悪戯っぽく言う。

「ええ、おっしゃる通り」

二人の笑い声が重なった。華江は嬉《うれ》しそうにおこうの手を取って、中へ促《うなが》した。

縁側のある部屋は狭いながら手入れのよい庭が見渡せた。つつじも咲いていたが、自分の家のものより精彩に欠けているような気がした。

華江はおこうが土産に持参した柏餅を大層喜んでくれた。

「これから端午《たんご》の節句に向けて、吉野屋さんでは柏餅が大層売れましょうねえ。

ご繁昌《はんじょう》で結構でございますこと」

「お蔭様で。柏餅は二、三日前から作り始めたばかりなんですよ。お師匠さんに早めに召し上がっていただきたくて」

「いつも気に掛けていただいて恐縮でございます。吉野屋さんはご先祖の教えを守って丁寧なお仕事をなすっているので、お客様も長くご贔屓《ひいき》下さるのでしょう」

「畏れ入ります」

「それに、おこうさんはわたくしの最初のお弟子さんですから、吉野屋さんのお内儀さんとして不足なく暮らしている様子を見ると、わたくしも本当に嬉しいのよ。あの頃から、もう二十年以上も経ってしまいましたね。光陰矢のごとしとは、よく言ったものです」

　華江は遠くを見るような眼で言った。

「お師匠さんはその前に大奥勤めをなさっておいで<< でしたから、年月の移り変わりを特に感じるのでしょうね」

「そうかも知れません。本当に色々なことがありましたから……でも、今ではお城の中で暮らしていたことが夢か幻のように思えてなりませんよ」

「大奥のお仕来《しき》たりもお師匠さんがお仕《つか》えしていた頃と比べ、ずい分、変わりましたでしょうね」

おこうはさり気なく大奥の話をした。

「わたくしが奉公していた頃は世の中もそれなりに平穏でしたから、奉公もそれほど辛《つら》いとは思っておりませんでしたが、今はどうなのでしょうね。わたくしの姪《めい》の娘が、ただ今、大奥に上がっているのですよ。お宿下がりの折、ここにも顔を見せてくれますが、少々、疲れが見えるのが気になっているのですよ」

「まあ、それはそれは」

つかの間、おこうの胸はつんと硬くなった。何か特別な話が聞けるかも知れないという気がした。

「姪御さんの娘さんは大奥でどのようなお仕事をなさっておられるのですか」

おこうはお梅が運んで来た茶をひと口飲んでから訊いた。

「それがね……」

華江は口許を掌《て》で押さえ、苦笑交じりの表情である。おこうは華江の顔をまじまじと見つめた。

「興味がおありのようですね」

華江はおこうの胸の内を察したように言う。

今までも大奥の興味深い話を華江からあれこれと聞かされていた。

「興味は……ないと言えばうそになるでしょうね」

おこうは俯《うつむ》きがちになって応える。

「あなたは昔から世の中のでき事にひどく興味を持つ娘さんでしたよ。時には行き過ぎではないかとわたくしも心配したことがありますが、でもまあ、世間知らずの商家のお内儀さんも多いので、あなたのような方がいらしても悪いことではないと、今は思っております」

華江の言葉におこうは恐縮して首を縮《ちぢ》めた。

「姪の娘は御次を仰せつかっておりますが、早い話、天璋院様が飼っていらっしゃる猫のお世話係なのですよ」

華江はさも可笑《おか》しそうに言った。御次は仏間や御膳部の管理をする女中のことだが、鳴り物の催しに駆り出されることもあるので、遊芸の心得が必要とされるという。

人の目につきやすいので、時には将軍のお手が付くこともあるらしい。だが、場合によっては華江の姪の娘のように様々な雑用係に指名されることもあるのだろう。

「天璋院様は猫がお好きなのですか」

「ええ、そうらしいです。何んでも天璋院様は犬の狆《ちん》がお好きだったそうですが、温恭院《おんきょういん》（徳川家定の法名）様がお嫌いでしたので、猫を飼うことになったそうですよ。初めに飼ったのがみち姫さんで、その次がさと姫さんになったそうです。お城ではご精進日があり、その日は生ぐさ物が出ないので、さと姫さんの餌《えさ》にどじょうと鰹節《かつおぶし》を用意しているとのことでした。その餌料がおこうさん、何んと年に二十五両も掛かるのだそうです」

「まあ……」

おこうは心底驚いた。やはり上つ方のすることは下々の者に理解できないところがあると、しみじみ思う。華江はおこうの驚いた表情を楽しむように「天璋院様がご膳を上がる時、さと姫さんのご膳も出るのです。黒塗りのご膳ですって。そこに鮑《あわび》の形に拵えた瀬戸物を載せ、さと姫さんは天璋院様のお下がりを召し上がるそうです」と、続けた。

「召し上がる……」

たかが猫に丁寧語を遣った華江が訝《いぶか》しく、おこうは思わず、その言葉をなぞった。

「本当にね、こうなると猫もただの猫ではありませんよ。盛《さか》りの時期はそっとお庭に出し、後で外にいる者に捕まえて貰うのですが、これがなかなか捕まらない。それで姪の娘と他の御次は、おさとさん、おさとさんと呼びながら捜すそうです。そんなことをしたら、却《かえ》ってさと姫さんは捕まりませんよ」

華江はころころと鈴のような声で愉快そうに笑った。

「天璋院様はこの度、公方様にお輿入れなすった宮様の姑に当たるのですね」

おこうがそう言うと、華江は唐突に笑顔を消した。

「ええ」

「でも天璋院様と宮様は、さほど年が離れている訳ではないのですね」

「よくご存じで。お二人の年の差は十歳ですよ。宮様は十七歳で、天璋院様は二十七歳ですから」

華江の声は低くなった。その辺りから華江の表情に少し喋《しゃべ》り過ぎたのではないかという後悔の色が感じられるようになった。

「そうですか。色々とお二人の間には難しいことがおありなのでしょうね。宮様は天子様のお妹様ですから」

おこうは華江の表情を窺いながら言った。

「おこうさんは何がご心配？」

華江は少し厳しい眼になって訊いた。場合によっては、ただではおかぬという感じにも受け取れた。

「心配だなんて……あたしが心配したところで、そんなことは別に……」

おこうは、もごもごと応える。

「姪の娘は世間の風聞《ふうぶん》を大層気にしておりました。おこうさんが何かお耳にしていることがあれば話して下さいましな。姪の娘にそれとなく伝えますから」

華江は、つつと膝を進めた。恐らく、華江が気にしていたのは、姪の娘がお側《そば》についている天璋院と和宮の仲のことではないかと、おこうは思った。仲がよいはずがない。しかし、そんなことは、おこうにとってどうでもよかった。

だが、和宮の身体のことは口にできなかった。それはあまりに僭越《せんえつ》なことだった。まして、替え玉ではないかなどと、口が裂けても言える訳がない。

「宮様と公方様のご縁組は、確か大老の井伊《いい》様が桜田御門外《さくらだごもんがい》で不逞《ふてい》の輩《やから》の手に掛かり、お命を奪われた後にお決まりになったように思っておりましたが」

おこうは言葉を選んで口を開いた。

「さようでございます。井伊様は異国との交渉を半《なか》ばご自分の独断で進められたところがありましたので、攘夷運動を進める連中が不満を持ち、あのような仕儀となったのでしょう。開国か攘夷か、今やこの国は岐路に立たされております。そこでご公儀は朝廷と心をひとつにして異国に立ち向かおうと考えたのです。そのためには是非とも上様のご正室に宮様をお迎えしたかったのですよ。天子様は攘夷論者でいらっしゃいますので、ここはご公儀とともに攘夷を決行なさりたいお考えなのです」

新兵衛の話では異国の船がこの国の周りをうろちょろしているという。そのことを天皇はどう考えているのだろうか。もはや条約を結んだ異国がいくつもあるというのに。だが、おこうの思惑に構わず、華江は話を続けた。

「宮様は江戸へいらっしゃってから、万事御所《ごしょ》風になさりたいご様子で、それが天璋院様にはお気に召さなかったようです。まあ、嫁と姑のお立場ならば、上つ方でも多少、反《そ》りの合わないことはございますでしょうが」

華江はやんわりと天璋院の肩を持つ言い方をした。華江や華江の姪の娘が気にしている風聞とは、やはり二人の間に起きている行き違いのことらしい。華江自身は和宮が替え玉であるとは微塵《みじん》も思っていないようだ。しかし、それならなぜ、巷間《こうかん》に替え玉ではないかという噂が立ったのだろうか。噂の出所《でどころ》はどこなのか。おこうはそれが知りたかった。

しかし、おこうは、それ以上、突っ込んだ話ができないまま、華江に暇乞《いとまご》いを告げたのだった。

三

攘夷運動は激化の傾向を辿《たど》る一方だった。異人が殺傷される事件も続いた。

万延《まんえん》元年（一八六〇）の十二月、三田《みた》でアメリカ公使館の通詞《つうじ》（通訳）ヒュースケンが正体不明の侍達に殺されたことは、おこうの記憶に新しい。幕府はこの事件により、アメリカ側から迷惑料、ならびにヒュースケンの残された家族に対する養育料などを請求されたが、同じような事件は二度、三度と起こり、文久二年のその年の八月には横浜の生麦村《なまむぎ》で、またしても異人の殺傷事件が起きた。

薩摩《さつま》藩の島津久光《しまづひさみつ》は公武合体派の人物で、倒幕を企てていた同藩の藩士を京都伏見《ふしみ》の寺田屋《てらだや》で斬らせた。いわゆる寺田屋事件である。

その後で、久光は朝廷の勅使《ちよくし》を奉じて江戸に下り、幕政改革の勅諚《ちよくじよう》を伝えた。幕府もこれを受け入れた。

久光は意気揚々と国許へ戻るつもりだったが、横浜の生麦村を通っていた時、馬で散策中のイギリス人ら四名が行列の供先《ともさき》を切った。

つまり大名行列を邪魔したということで、薩摩藩の家臣は相手方一人を殺し、二人に重傷を負わせてしまった。度重なる賠償問題に幕府は音《ね》を上げ、それは当方のあずかり知らぬこと、文句の儀は朝廷に訴えるべしと責任を逃れたという。

佐兵衛と新兵衛は、この幕府の処置に苦々《にがにが》しい思いを抱いたという。

お互いの店を閉めた暮六つ（午後六時頃）過ぎ、新兵衛は酒を携えて吉野屋を訪れた。

佐兵衛はさっそく茶の間に新兵衛を促し、ささやかな酒宴が始まった。二人の息子は店を閉めると、すぐに息抜きをするため外へ出かけてしまう。夜はおこうと佐兵衛の二人きりで過ごすことが多い。長年連れ添った夫婦だから、格別の話もないので、新兵衛が訪れてくると、おこうも話し相手ができて嬉しかった。酒の肴《さかな》は急なことだったので、煮しめと酢の物、香の物で飲んで貰うことにした。

「あれはまずいよな、佐兵衛。生麦村の事件は薩摩の連中のやったことだから、お上が知らぬ存ぜぬたァ」

新兵衛は湯呑の酒をぐびりと飲んで、早口で言った。

「いや、それよりもお上は薩摩に訴えろで止めておけばいいものを、京の天子様へ訴えろとは、やり過ぎだ。異人の連中はお上より京の天子様の方が偉いのだと思ったはずだぜ」

佐兵衛は応える。こういう話題で酒を飲むのが、二人は何より好きなのだ。おこうは火鉢の鉄瓶の湯で酒の燗をつけながら、二人の話を聞いていた。

「そうそう。これから異人の奴らはお上でなく、京の天子様と直接交渉する羽目《はめ》となりそうだ」

新兵衛も相槌《あいづち》を打つ。

「お上は自ら箔《はく》を剝《は》がしたのに気づいているだろうか」

佐兵衛は思案顔をする。

「どうかなあ。でもよう、おれはこれから戦が始まりそうで怖《こえ》ェのよ。呑気《のんき》に佃煮を拵えていて、いいのかと思うぜ」

「どうすると？」

佐兵衛は怪訝な顔で新兵衛を見る。

「どっかへ逃げるとかよ」

「ふん、どこへ逃げようが、戦となったら同じよ。だいたい、お前のお袋が承知しない。ご先祖様の店を置き去りにするつもりかと眼を吊《つ》り上げるぜ」

「だなあ」

「薩摩も長州《ちょうしゅう》も困った人達ですね。これからどうしようというのかしらん」

おこうはため息をついて口を挟んだ。

「あすこは東照大権現様が江戸に幕府を開いた時から、何かとお上には不満があったんだよ」

佐兵衛は煮しめのこんにゃくを嚙《か》みながら応えた。

「どうして？」

「そりゃ、関が原の戦で東照大権現様の敵方についたから、外様《とざま》大名の位になったのよ。外様は格下の大名だ」

「あら、でも天璋院様は薩摩の出じゃないですか」

「そこよ、それ、お内儀さん。薩摩は何んとか立場をよくしようと、これまで、あれこれ策を弄《ろう》してきたんだ。天璋院様だって政略のために江戸へ行かされたんだよ」

新兵衛は訳知り顔で口を挟む。

「じゃあ、和宮様は？　宮様は天子様の妹さんじゃないですか。聞くところによると、天子様は攘夷論者だそうですね。宮様を公方様のご正室にして、それで攘夷ができると考えたのかしらん。あたしはとても無理な話だと思うのよ。生麦村の事件が起きたのが、その証拠よ。薩摩の連中は宮様のお立場も公方様のことも、まるで考えちゃいない。公武合体なんて意味のないことだったのよ」

おこうがそう言うと、二人は黙った。しばらくして佐兵衛は「連雀町のお師匠さんに何か聞いていないかい」と低い声で言った。

「何を」

「そのう、宮様のことを色々と……」

おこうは鉄瓶から徳利《とっくり》を引き上げ、底に布巾《ふきん》をあてがいながら新兵衛に酌《しゃく》をした。新兵衛はこくりと頭を下げた。

「喉《のど》まで出ていたけど、とても口に出せなかったのよ。おみ足が悪いのか、手首の先がないのかなんて、とてもとても。もちろん、替え玉なのかってことも」

「わかるよ、おこうさんの気持ちは。幾ら金棒引きでも、訊けないことだってあるわな」

新兵衛はそんなことを言う。

「誰が金棒引きですって？」

きゅっと睨《にら》むと、新兵衛は慌てて肩をすくめた。佐兵衛が笑った。

「宮様のお袋さんと昔ながらのお側女中も江戸へ一緒に参ったということだから、まあ、あれも噂に過ぎないのだろうが」

佐兵衛は取り繕《つくろ》うように言った。

「そうですよ。所詮《しょせん》、あたしらにとっちゃ、宮様が本物でも替え玉でも関わりのないことですよ。ただ、そんな噂が立った宮様がお気の毒だと思いますよ。いっそ、江戸の人達にお姿を見せたらいいのよ。そうしたら、噂なんて、いっぺんに消えてしまうのに。でも、そうも行かないでしょうねえ」

おこうはため息をついた。

「おこう、もしも宮様のお姿を拝見できたとしたら、お前は替え玉かそうじゃないか判断できるかい？」

佐兵衛は真顔になって訊いた。

「だから、そんなことは万にひとつもありませんって」

おこうは笑っていなした。

「もしもだよ」

佐兵衛は念を押す。

「宮様はおみ足がお悪いそうですから、歩き方でわかると思いますよ。それでねえ、もしも、たったとお歩きになったとしたら、それは……」

「替え玉」

佐兵衛と新兵衛の声が重なった。おこうも仕方なく肯いた。その時は亭主とその友人に話を合わせたに過ぎなかった。また、おこうはいつまでも和宮の噂にこだわっている暇もなかった。吉原《よしわら》が火事で全焼するなど、おこうの興味をそそる事件が次々と起こっていたからだ。

だが、その間にも朝廷は和宮降嫁《こうか》による幕府の攘夷決行の意志を確認したがっていたようだ。

その年の十二月、朝廷から正副の勅使が下向《げこう》し、将軍家茂と謁見《えっけん》した。そこで家茂は勅諚に対する奉答書を差し出した。

そして、家茂は三代将軍徳川家光《いえみつ》以来、二百三十年ぶりに上洛《じょうらく》を決意する。

家茂の上洛は三回を数えるが、第一回の上洛は翌文久三年（一八六三）二月十三日だった。海路で向かう予定が陸路に変更されたので、当初の日程より早まったという。

周りの思惑は別として、家茂と和宮の夫婦仲はすこぶるよかった様子である。家茂が江戸を出立《しゅったつ》すると和宮は道中の無事と一日も早い帰府を願い、芝《しば》の増上《ぞうじょう》寺《じ》の黒本尊《くろほんぞん》の御札《おふだ》を取り寄せ、お百度参りすることを決めた。増上寺の黒本尊は徳川家康も崇拝していたもので、霊験《れいげん》あらたかだとされる。長い歳月、蠟燭《ろうそく》と線香の煙で黒ずんでいたから黒本尊と言われていたものである。

和宮は午前中、洗面、朝食、化粧を済ませ、天璋院のご機嫌伺いの後、上段の間に黒本尊の御札を祀《まつ》り、四方の縁座敷を回ってお百度参りした。おこうは和宮がお百度参りしていることを、例の連雀町の華江から聞かされ、少し驚いた。華江は大奥にいる姪の娘と、時々、手紙のやり取りをしているそうだ。

おみ足が悪いのなら、お百度参りは、さぞ骨だろうとおこうは思った。それでもお百度参りをせずにいられなかったのは、家茂に対する並々ならぬ情愛の故《ゆえ》なのだろうか。

和宮の思いが叶《かな》い、家茂はその年の六月十六日に無事に江戸へ戻った。和宮はお礼にお側の女中を代参《だいさん》に向かわせたという。

「いやいや、やはり、宮様はご正室のお立場なれば、増上寺へのお参りも代わりの者を立てるんだね。ちょっと期待して損しちゃったよ」

新兵衛は、はだけた浴衣《ゆかた》の胸に団扇《うちわ》の風を送りながら言った。蚊遣《かや》りを焚《た》いた縁側に新兵衛と佐兵衛が座り、冷奴に冷酒を飲みながら夏の宵《よい》を過ごしていた。将軍家茂が江戸へ戻って、少し経った頃である。

おこうも涼しげな単衣《ひとえ》を裾短《すそみじか》に着付け、帯も細いのを貝《かい》の口《くち》に結んで暑さを避ける恰好をしていた。佐兵衛と新兵衛の浴衣は芝居の役者から貰ったとかで、お揃いだった。いい大人がお揃いの浴衣というのも笑ってしまうが、二人は意に介するふうもなかった。

「新兵衛さん。増上寺のお礼参りが代参だと、どうしてわかったんですか?」

おこうは、ゆっくりと団扇をあおぎながら訊いた。和宮の話題は久しぶりだった。

「よく訊いてくれた。おれ達のダチで増上寺の門前町で料理屋をやっているのがいるんだよ。もともとは石町《こくちょう》に見世があったんだ。若い頃は、よく一緒に飲んだものさ。今でも近くに用事がある時はちょいと顔を出すのよ。すると岩松《いわまつ》の奴、やけに喜ぶんだ」

「岩松さんとおっしゃるんですか」

「ああ、桐屋《きりや》岩松だ。結構、見世は繁昌している。あすこら辺は火事も多いから、岩松は見世の屋根に、ちょっとした火の見を設《しつら》えている。半鐘が聞こえると岩松は火の見へ上がって火元を確かめるんだが、その時、奴は遠眼鏡《とおめがね》を使うのよ」

「遠眼鏡？」

「ああそうだ。丸い筒にびいどろをはめ込んだような代物《しろもの》よ。それで覗くと一町（約百九メートル）先もほんの手前にあるように見える」

「まあ」

興味をそそられたおこうは眼を輝かせた。

佐兵衛は苦笑した。

「増上寺に御殿女中の行列がやって来たと知ると、奴は遠眼鏡を持って火の見へ上がった。境内《けいだい》は松やしだれ桜なんぞの樹《き》が植わっているから、それほどはっきりとは見えなかったんだが、それでも眼の覚めるようなきれえな着物はわかったと言っていたよ。岩松はすわ、宮様のお越しかと色めき立ったが、後でお内儀さんに訊くと、あれはお側の女中だろうと応えたとよ。宮様が直接お越しなら、もっと付き添いの人数は多いとのことだった」

新兵衛は愉快そうに話す。

「それもそうですよね。宮様がおいでになるはずはありませんもの。でも、宮様は増上寺の黒本尊に上様の道中の無事を祈願してお百度参りをされていたそうですよ」

「お百度参り？」

佐兵衛が怪訝な表情になった。

「ええ。公方様とのご夫婦仲はとてもよろしいそうですよ。麗《うるわ》しいこと」

おこうは言いながら目頭《めがしら》が熱くなった。

「お前、それを聞いて変だと思わなかったのかい。おみ足が悪いのなら、お百度参りなんて無理じゃないか」

佐兵衛はまじまじとおこうを見る。

「あたしもお師匠さんからお聞きした時は妙だと思いましたけど、ゆっくりとお歩きになる分には大丈夫じゃないのかしらね」

「いや、それは宮様のおみ足が悪くないってことだ」

新兵衛は決めつけるように口を挟んだ。

「あたし、わかりませんよ」

おこうはぷりぷりして応えた。以前に三人で話し合った替え玉説をまた蒸し返すつもりだろうかと思った。それはもうたくさんだった。

「新兵衛、宮様のおみ足は大丈夫だった。ということは、いよいよ怪しいぞ」

佐兵衛は色めき立った表情で新兵衛に酌をした。

「いつか宮様が増上寺に参詣するかも知れない。新兵衛、岩松に眼を離すなと言っておけ」

佐兵衛は冗談でもない顔で新兵衛に続けた。

四

十四代将軍徳川家茂は和宮より半月ほど遅く生まれているが同い年であった。まだ十代の若者に攘夷だの、公武合体だの、幕府と朝廷との問題は煩《わずら》わしいのひと言であったはずだ。家茂は和宮と日がな一日、和歌を詠《よ》んだり、城内の庭を散策したりして仲むつまじく過ごしたかったことだろう。しかし、この国は危急存亡の秋《とき》を迎えていた。将軍の立場であるなら、何んとか幕府と朝廷をひとつに束ねなければならない。そのための和宮降嫁であり、公武合体であった。

家茂の父親の徳川斉順《なりゆき》は紀州《きしゅう》の藩主で、十一代将軍家斉《いえなり》の子息に当たる。だから家茂は徳川家の正統な後継者であった訳だ。温厚で誠実な家茂の評判は大奥でもすこぶるよく、また幕臣の信頼も厚かった。

朝廷は上洛した家茂に対し、安政《あんせい》五年（一八五八）に調印した欧米諸国との通商条約を認めず、強引に攘夷を迫った。家茂はこれに従わざるを得なかった。

江戸へ戻った家茂は八月に尊攘派の家臣を一掃する幕政改革を行なった。公武合体体制を調《ととの》えるため、家茂は再び上洛した。しかし、京に集まった雄藩諸侯と意見が対立し、またも成果を挙げずに帰府しなければならなかった。

幕府内では対立している長州征伐の機運が高まった。第一回の長州征伐は元治《げんじ》元年（一八六四）に行なわれた。

長州藩は幕府に恭順の姿勢をとったが、後に再び攘夷派が台頭し、幕府は二回目の長州征伐に乗り出す。

家茂は慶応《けいおう》二年（一八六六）五月、長州藩の処分のため三度目の上洛をしたが、四月中旬より胸の痛みがあり、小水の通りも悪かったという。六月中旬からは水腫《すいしゅ》が出て、食欲も失《う》せていた。知らせを受けた和宮は奥医師を家茂が逗留《とうりゅう》している大坂城へ向かわせようとしたり、大坂の蘭方医より本道医がよいなどと進言し、大坂の家茂の容態を気づかった。

家茂の病状は一進一退を繰り返していたが、七月二十日、ついに帰らぬ人となってしまった。

和宮は前年に生母観行院《かんぎょういん》を亡くしている。ともすれば折れそうな心を自ら叱咤《しった》激励し、和宮は家茂の跡を継いだ十五代将軍徳川慶喜《よしのぶ》に攘夷政策の継承を求めた。それは兄、孝明天皇の意向でもあったからだ。だが、慶喜からの返答はなかった。

和宮は十月に落飾《らくしょく》して静寛院宮《せいかんいんのみや》と称したが、その翌々月、兄、孝明天皇が崩御《ほうぎょ》する。和宮がその報を知るのは、明けて慶応三年（一八六七）の正月であった。

おこうと佐兵衛、新兵衛の三人は、もはや和宮のおみ足のことや、手首のことや、まして替え玉であるなどということを話題にしなくなった。次々と和宮を襲った不幸を思えば、呑気に噂話をする気にもなれない。

和宮が家茂に輿入れしてから実に怒濤《どとう》のような運命が待ち構えていた。和宮は、よもや二百六十余年も続いた徳川幕府が崩壊するとは夢にも思わなかったことだろう。その中で和宮は己のできることを精一杯尽力した。替え玉がそこまで徳川家のためにできる訳がないのだ。

明治十年（一八七七）秋。

すっかり好々爺《こうこうや》になった佐兵衛の許へ、いつものように新兵衛が訪れて来た。

「おこうさん、静寛院宮様がお亡くなりになったそうだよ」

新兵衛は禿頭が嵩《こう》じて、髷《まげ》も結えなくなり、今は座頭のようにすっかり頭を丸めていた。

「まだお若いでしょうに」

おこうは少し痛む膝を撫でながら眉根を寄せた。

「三十二だってよ。箱根《はこね》の塔《とう》ノ沢《さわ》へ湯治《とうじ》に行き、向こうでいけなくなってしまったらしい」

「そうですか。あの方はよくがんばりましたねえ。ご立派でしたねえ」

「見ず知らずの江戸へ来て、苦労も多かっただろうに」

佐兵衛はしゅんと洟《はな》を啜《すす》る。近頃の佐兵衛はやけに涙もろくなった。嬉しいと言ってては泣き、悲しいと言ってはまた泣く。懐《ふところ》の手拭《てぬぐ》いは涙と洟でいつも湿っていた。孫達に汚いと顔をしかめられているが、佐兵衛は一向に頓着《とんちゃく》していない。

「結局、おれ達は静寛院宮様のお姿をとうとう拝見できなかったな。拝見できたのは岩松だけか」

新兵衛は羨《うらや》ましそうな表情になった。

「濃紅の袴《はかま》に萌黄《もえぎ》色の小袿《こうちぎ》をお召しになって、大層可愛らしい方であったそうでしたね」

おこうはその話を聞いて、和宮の姿を想像することができた。

家茂が二度目の上洛を果たして帰府すると、和宮は代参を立てず、自ら増上寺に参詣した。

元治元年、五月のことだった。

お忍びといえども、乗り物、付き添う御殿女中の多さで、桐屋岩松は、いよいよ宮様のお越しだと、張り切って火の見に上った。

遠眼鏡から見えた和宮は身の丈四尺三寸（約百四十センチ）ほどの小柄な女性だった。だが、境内に立った和宮は威厳に満ちていて、しかも大輪の牡丹《ぼたん》の花が咲いたような艶《あで》やかさだったという。

岩松は固唾《かたず》を飲んで見つめたが、その時、土地の御用聞き（岡っ引き）に見咎《みとが》められ、自身番にしょっ引《び》かれてしまった。

岩松は必死で言い訳し、結構な額の金を渡し、ようやく解き放して貰ったのだ。

岩松が和宮を遠眼鏡で眺めたのは、ほんの僅かな時間である。しかも岩松からは和宮の後ろ姿しか見えなかった。だから、その顔をはっきり見ていない。だが岩松は「おみ足なんて悪い様子じゃなかったぜ」と得意そうに新兵衛に話したという。

和宮の遺骸は本人の希望で家茂の眠る増上寺に葬られた。和宮はその生涯を徳川家に捧《ささ》げたのだと、おこうは思った。

くるしさに忍ふもをかし今日あすは
　いむてふことをいはし物をと

明治三年（一八七〇）の正月二日に詠まれた和宮の歌である。御所の仕来たりでは、正月三が日は身を清め、慎《つつし》むことになっているが、家茂に嫁いで武家の身分となった自分にはそれを口にすることもできない。歌には「いむてふ言葉をいはしとて忍へるを」と題名がつけられている。和宮の困惑が窺える歌であった。

いずれにしても、上つ方の心の内は下々の人間には理解が及ばないところがあると、おこうは改めて思った。それに比べ、近所の裏店の夫婦喧嘩は何んとわかりやすいことだろう。女房が内職した金を持って、亭主が外で酒をしこたま飲み、千鳥足《ちどりあし》でご帰還。酒を飲んでどこが悪いと開き直る亭主に、女房は胸倉摑んで「畜生、畜生」と吼《ほ》える。

仲裁《ちゅうさい》に駆けつけたおこうは二人に言う。

「あんた達はね、本当は倖《しあわ》せなんだよ。世の中にはね、お金があっても倖せじゃない人がごまんといるんですよ。ささ、いがみ合いはそれぐらいにして」

喧嘩していた夫婦はおこうの言葉に口をぽかんと開ける。それから、何言ってんだいという顔で「この金棒引きの婆ァ、すっこんでろ！」と口汚く罵《ののし》るのだ。

「吉野屋の大お内儀さんに何んて口を利く。この業晒《ごうさら》し！」

野次馬連中が加勢してくれるのがおこうには嬉しい。おこうは、もう一度二人を宥《なだ》める言葉を掛けて家に戻る。

佐兵衛はいつもおこうに事情を聞きたがった。これこれこうですと話すと「亭主も悪いが、女房も亭主を亭主と思わないところがいけない」などと事情を分析するのだ。

おこうの影響で佐兵衛もすっかり金棒引きになったようだ。城内のことを色々教えてくれた華江は元号が明治に変わった途端に、ひっそりと息を引き取った。連雀町の家も人手に渡ったという。

吉野屋の庭のつつじは長雨が続いた年に根が腐れて駄目になってしまった。近頃の吉野屋の庭は殺風景なものだった。おこうは、それを格別寂しいとも感じていなかった。

もともと、つつじなんて好きでも嫌いでもなかったのだろう。

参考書目
『女たちの幕末京都』辻ミチ子著（中公新書）
『天璋院篤姫　徳川家を護った将軍御台所』
徳永和喜著（新人物往来社）
『和宮お側日記』阿井景子著（光文社文庫）

せっかち丹治《たんじ》

一

世の中に短気な人間と呑気《のんき》な人間はどちらが多いだろうかと、時々、おきよは考える。

おきよが住んでいる浅草《あさくさ》・田原町六兵衛店《たわらまちろくべえだな》の女房連中はのんびりした者が多い。亭主を仕事へ送り出すと、井戸端に集まり、朝めしで使った茶碗や皿を洗ったり、天気がよければ洗濯をしたりする。おきよの母親のおせんも父親の丹治《たんじ》が道具箱と弁当箱を携《たずさ》えて仕事に出かけると、いそいそと井戸端へ向かう。

六兵衛店は棟割《むねわり》長屋が二棟、向かい合う形で建っている。一棟五世帯だから合わせて十世帯、三十六人の店子《たなこ》が暮らしている。

夫婦者だけの所もあれば、夫婦に子供三人、亭主の母親まで一緒に住んでいる所もある。

毎晩、どうやって寝ているのかおきよは不思議だが、その気になればどうにかなるものらしい。亭主達は大工、左官職人、振り売りの青物屋、柳原で古着屋をしている者と、様々な商売だが、暮らしぶりは皆、似たようなものだった。

おせんは六兵衛店の女房達となかよしなので、手を動かしながら、その日の天候のことだの、植えている草花のことだの、亭主の仕事のことだのを一緒にあれこれと喋《しゃべ》り合う。だいたいが当たり障《さわ》りのないもので、家の中の込み入った事情まで話さない。それでも女房連中はそれぞれの家の事情を呑《の》み込んでいるようだ。

昼には一旦解散して、それぞれ昼めしを摂《と》るが、午後からはまた井戸端に集まって話の続きが始まる。毎日毎日話をして、よくも話の種《たね》が尽きないものだとおきよは思う。年齢は様々だが、存外に皆、話が合っているようだ。

夕方近くになって「さあ、今晩は何にしよ。お宅の所は何？」と、誰かが訊《き》くのを潮《しお》に六兵衛店のその日の井戸端会議はようやく仕舞いとなる。その日、決まりの台詞《せりふ》を呟《つぶや》いたのは向かいに住むおよねだった。およねはおせんより二つほど年上だから四十一、二になるだろう。亭主は指物師《さしものし》をしているが、親方の所に通いで奉公していた。娘は嫁に行き、息子は日本橋の廻船問屋《かいせんといや》に住み込みで奉公している。息子は、父親の跡を継いで指物師になろうという気はなかったらしい。

今は夫婦二人暮らしである。

「あたしは昼前に魚花《うおはな》さんから鰈《かれい》を買って来たから、それ煮付けておいたのさ。うちの人が戻って来たら、それに青菜のお浸《ひた》しをつけて、後は漬け物でお仕舞い」

おせんはあっさりと応える。「魚花」は近所にある魚屋のことである。

「おせんさん、いつの間に買い物をして来たんだえ。早いねえ。でも、丹治さんは魚の煮付けを食べてくれるからいいよ。うちは干物しか口にしないから困る。毎度めざしばかりというのも芸がないしねえ。あたしだけだったらお茶漬けでいいのに」

「そうそう。うちの人がいなかったら、うちも娘達とお茶漬けで済ませちゃいますよ」

おせんは相槌《あいづち》を打つ。おきよは湯屋に行く仕度《したく》をしながら家の中で外の話を聞くでもなく聞いていた。いつものことである。話はさっさと終わりにならない。およねは家に入り掛けようとして、またふと思い出して話をする。他の女房もそれに耳を傾ける。たまに、誰かの亭主がいつもの時刻より早く戻ったりすると、女房連中は蜘蛛《くも》の子を散らすようにそれぞれの家に引き上げる。もっとも、亭主が汗水垂《た》らして働いているのに、女房が井戸端でぺちゃくちゃお喋りしているのは亭主にすればおもしろくない景色である。女房連中もそこのところは心得ている。亭主にだらだらしたところは見せたくないというのが、女房連中の暗黙の了解だった。近所となかよくしていれば、お金はなくても存外楽しく暮らして行けるものだなと、おきよは思っているが、自分も六兵衛店の女房連中のように暮らしたいとまでは考えていなかった。

おきよの父親は仕事から帰ると、すぐに湯屋に行き、一日の汗と埃《ほこり》を落とすのが習慣なので、おせんは慌《あわ》てて晩めしの仕度をしなくてもよかった。湯屋から戻る時刻を見計らって箱膳《はこぜん》を出せばいいのだ。ただし、戻って来て茶の間に座った途端に膳が出ていなければ機嫌が悪かった。

のんびりした六兵衛店の女房連中に対し、おきよの父親の丹治はすこぶるつきの短気である。本人はそれを短気でなく「わしはせっかちなだけだ」と応える。せっかちと短気は同じ意味だろうと、おきよは思うが、それを父親には言っていない。言えば眉《まゆ》をつり上げて怒るに決まっていたからだ。

「おっ母《か》さん、あたし、湯屋に行ってくるよ。青菜は茹《ゆ》でて水に晒《さら》しているから、もう少ししたら絞《しぼ》って切ってね」

おきよは糠袋《ぬかぶくろ》と手拭《てぬぐ》いを入れた小桶《こおけ》を抱えておせんに声を掛けた。

「おきよちゃん、そんなに磨《みが》いてどうするのさ。あんまり器量よしになると、よそが放って置かない。大店《おおだな》の倅《せがれ》が嫁にほしいと言って来るかも知れないよ。そうなったら、あたしらは気軽におきよちゃんと話もできなくなっちまうよ」

およねは余計な心配をする。

「何言ってるの、小母《おば》さん。そんなことある訳がないじゃない。裏店《うらだな》住まいの娘が大店にお嫁に行くなんて聞いたこともないよ」

おきよは笑っていなした。

「それじゃ、行ってきます」

おきよはそう言って、裏店の門口《かどぐち》を抜けた。

「おきよちゃん、この頃、きれいになる一方だね」と、背中でおよねの声が聞こえた。おきよはちょっと嬉《うれ》しく、ちょっと恥ずかしかった。

門口を抜けると、そこは浅草広小路《ひろこうじ》になる。飴《あめ》屋、伽羅《きゃら》油《あぶら》屋、蠟燭《ろうそく》屋、小間物屋、提灯《ちょうちん》屋、その他に葦簀《よしず》張りの水茶屋や蕎麦《そば》屋、鰻《うなぎ》屋などが軒《のき》を連ねている。浅草寺《せんそうじ》もすぐ近くにあるので、参詣《さんけい》する人々も加わり、日中は人の流れが引きも切らなかった。

おきよは、この賑《にぎ》やかな界隈《かいわい》が好きだった。

たとい、裏店住まいをしていようとも、お江戸の繁華《はんか》な場所に住まいがあるのは、それだけで嬉しくて誇らしい気分だった。

浅草広小路の水茶屋「桐壺屋《きりつぼや》」の主《あるじ》におきよは茶酌女《ちゃくみむすめ》として奉公する気はないかと持ち掛けられたことがあった。二年前のおきよが十六の時だ。見世《みせ》は家から近いし、おきよは大いに気を惹《ひ》かれたが、丹治はそれを許さなかった。

水茶屋は様子のいい茶酌女を置いて商売をしている。茶代も結構高直《こうじき》だ。だが、茶酌女は人目につくので女衒《ぜげん》に狙《ねら》われやすい。吉原《よしわら》の小見世《こみせ》に転ぶ者も多かった。丹治はそれを心配したのである。

茶酌女になれば呉服屋の賃仕事をするより高い給金が入った。おきよは自分がしっかりしていれば、うまい話に乗ることはないと思っていたのだが、一旦言い出したら聞かない丹治には逆《さか》らえなかった。

茜襷《あかねだすき》に桐壺屋の屋号の入った茜色の前垂れを締め、いそいそと客に茶を運ぶ茶酌女達を眼にする度《たび》、今でもおきよは恨《うら》めしいような気持ちになる。高い給金を貰《もら》えば、好みの着物や簪《かんざし》を手に入れることができるし、おせんに幾らか渡せば暮らしも楽になるはずだった。

吐息をついて、おきよは蛇骨湯《じゃこつゆ》に足を向けた。伝法院《でんぼういん》の池のほとりに蛇骨長屋という広い裏店がある。何《な》んでも、昔、井戸から蛇の骨が見つかって長屋の名前になったというのだが、蛇の骨を並べたように、うねうねと長屋が続いているからだと言う者もいた。どちらが本当なのかおきよにはわからない。

蛇骨湯は、その蛇骨長屋の北側にあった。

表向きは普通の湯屋だが、湯の色は黒ずんでいる。それは汚れているのではなく、汲《く》み上げる井戸の水がそんな色をしているからだった。湯ざめしないので六兵衛店の住人達も蛇骨湯を贔屓《ひいき》にしていた。もしかしたら、湯屋から出る時、父親と一緒になるかも知れないとおきよは思った。そうなったら、帰りに甘いものでもおねだりしようと胸で算段した。

いやとは言わないはずだ。丹治は酒が駄目で、代わりに甘いものが好きだった

丹治は手間《てま》取りの大工をしている。大工の親方に使われている身だ。十歳の時からその道に入り、以来三十年、黙々と仕事をして、おきよと妹のおすみを育ててくれた。

お父《と》っつぁんは人の家を何十軒も建てたのに、自分の家は建てられなかった、

とおきよは皮肉な気持ちで思うことがある。家なんざ、雨漏《あまも》りしなけりゃそれでいいと丹治は言う。

それは虚勢を張っているようには見えなかった。心底、そう思っているからだろう。一緒に働いている大工職人は子供が生まれると小さいながら家を建てる者が多かった。何しろ、材木代の工面がつけば、手間賃なしで建てられる。屋根の瓦《かわら》や左官職人に頼まなければならない部分もあるが、それだって並より安くやって貰える。普段世話になっているから只《ただ》でいいと鷹揚《おうよう》に言う者だっているはずだ。

それなのに丹治だけがそうしなかった。なぜだろう。おきよは未《いま》だにそれも疑問だった。別に借金を抱えている訳でもないのに。

女湯は晩めし前に慌《あわただ》しく湯を浴びようとする客で混んでいた。夏の季節、湯銭を惜しんで行水《ぎょうずい》で済ませる女達もいるが、界隈《かいわい》の人々は結構頻繁に蛇骨湯を訪れる。界隈は湯銭を惜しまない気風でもあった。

湯屋から出ても容易に汗は引かない。着替えた浴衣《ゆかた》の襟《えり》がすぐに湿り出した。それでも夕方になると幾分、風が涼しく感じられた。

「おィ」

背中からぶっきらぼうな声が聞こえた。

「お父っつぁん」

予想通りだった。おきよは満面の笑みになった。

「お帰りなさい。今日の仕事はどうだった？」

「暑くて往生したわな。薬缶《やかん》の水を一升も飲んだぜ」

「ご苦労さま」

「なに、にやにやしているのよ」

丹治は怪訝《けげん》そうにおきよを見る。背丈《せたけ》は高いが痩《や》せている。毎日大工仕事をしているので無駄な肉がつかないのだ。丹治は仕事が早いと、仲間内で評判になっている。それは丹治の腕前よりも、性格のせいだとおきよは思っている。心積もりした仕事はその日の内に片づけてしまわなければ気が済まないのだ。

たまに急な雨で普請現場《ふしんげんば》の早仕舞いを余儀なくされると、帰って来た丹治の機嫌はすこぶる悪くなった。

「えい、くそッ」と何度も一人で言う。そんな時は黙っているに限る。下手に、雨なんだから仕方がないよ、などと言おうものなら、「手前ェ《てめ》に何がわかる」

と、悪態《あくたい》が返ってきて取りつく島もなかった。

「お父っつぁん。おやつが何もないよ。どうする？」

おきよは思わせぶりに言った。

「そうだなあ……おきよは水菓子がいいか？　それとも甘いもんがいいか？」

「西瓜《すいか》は食べたいけれど、冷えていないとおいしくないし、今日は醬油団子《しょうゆだんご》が食べたい気分かしらね」

「わしもそう思っていた。どれ、青田屋《あおたや》に寄るか」

丹治はそう応えると、せかせかした足取りで浅草広小路に店を構えている菓子屋の「青田屋」へ向かっていた。

二

丹治は男ばかり五人きょうだいの下から二番目である。息子ばかりを育てた祖母は男まさりで、男のようなもの言いをした。おきよは小さい頃、祖母のおとしが苦手だった。いつも小言ばかり言われていたせいだった。だから丹治がおとしを引き取ると言った時には憂鬱《ゆううつ》になった。おとしは長男の市助《いちすけ》と一緒に暮らしていたのだが、六兵衛店に引き取られる数年前から昨日のことも忘れるようになっていた。おきよにとって伯母《おば》に当たる市助の女房が世話をしていたのだが、疲れが出て倒れてしまったのだ。その後、おとしの面倒を誰が見るかできょうだいは話し合い、結局、丹治が引き取ることに決まったのだ。他のきょうだいは養子に行って、養子先の親がいたり、色々と事情があったようだ。丹治はその時、おせんに何んの相談もしなかった。

「わし、婆《ばあ》さんを引き取ることにしたから」と、言っただけだった。ちょうど、六兵衛店に空き家が出て、丹治は隣りに住んでいた左官職の福松《ふくまつ》にそっちへ移って貰った。福松と女房は丹治が母親を引き取るので、家の中が手狭で困るのだと言うと、二つ返事で応えてくれたという。それはいいとして、丹治は福松の家移《やうつ》りが済むと、勝手に壁をぶち抜いて襖《ふすま》を入れてしまった。六兵衛店の差配《さはい》（大家）はそれを知ってかんかんに怒った。大家にひと言の断りもないとはどういうことだと丹治に詰め寄ったのだ。

丹治は二軒分の店賃を払うのだから、四《し》の五《ご》の言われる覚えはないと啖呵《たんか》を切った。

「出て行く時にゃ、ちゃんと壁を元通りにするわな。こちとら、よいよいの母親を引き取らなきゃならねェんだ。わしの気持ちをちょいとでもわかるなら、そんな薄情な台詞はほざけねェはずだ」

その時、長屋中の人間が丹治の肩を持った。

差配は渋々「そいじゃ、ここから出て行く時には元通りにして下さいよ」と念を押して引き下がった。

ようやく準備が調《ととの》うと、おとしは市助につき添われて六兵衛店にやって来た。

おとしはやって来るなり「何が哀《かな》しくて、この年で裏店住まいをしなけりゃならないんだ」と嫌味《いやみ》を言って、女房連中を呆れさせた。

市助は余分に掛かる店賃は自分が持つと言ったが、最初のみつき分ぐらいしか届けてこなかった。結局、貧乏くじを引いたのは丹治とおせんだった。

おせんは我儘《わがまま》な姑《しゅうとめ》によく仕《つか》えた。おきよはとても真似ができないことだと思う。

「おっ母さん、おばあちゃんのお世話、いやにならない？」

おきよはそっとおせんに訊《たず》ねたことがあった。

「だって、お父っつぁんの母親だもの、しょうがないじゃないか」

おせんはさばさばした口調で応えた。

「お父っつぁん、長男でもないし、一軒家に住んでいる訳でもないのに」

「他のきょうだいには色々事情があったんだよ。あたしは生まれた時から親はいなかったから、おばあちゃんのお世話して親孝行の真似事ができるのが嬉しいのさ」

そう言ったおせんは無理をしている感じでもなかった。おせんの母親はおせんを産み落とすと同時に亡くなっていた。父親の顔は知らないという。両親が正式の夫婦だったのかどうかもわからない。赤ん坊のおせんを育ててくれたのは親戚の伯母さんだった。その伯母さんもおせんが七つの時に亡くなり、それからおせんは親戚をたらい回しにされて育った。ずっと子守りに出されていたので、ろくに外で遊んだこともなかったらしい。

十五歳の時に本所《ほんじょ》の一膳めし屋に奉公に出て、そこで中食《ちゆうじき》を摂りにきた丹治と口を利《き》くようになった。そして十七歳で丹治と一緒になったが、嫁入り道具は何もなかったと寂しそうに言っていた。六兵衛店は丹治と所帯を構えた時からずっと住んでいる所だった。そこでおきよが生まれ、二つ違いの妹のおすみも生まれたのだ。

「きっと、あたしには、きょうだいもいないから、お父っつぁんは自分が仕事をしている間、あたしが寂しくないように賑《にぎ》やかな所を選んでくれたんだと思うよ。そうして貰って本当によかった。買い物は便利だし、長屋の人達は皆《み》んないい人だし」

「よかったね」

おきよはそう言うしかなかった。おとしは六兵衛店に来て、五年後に亡くなった。道で転び、足を骨折してから歩けなくなり、最後の半年は寝たきりの状態だった。世話をしたのは、ほとんどおせんだった。死ぬ間際は丹治が息子であるのも忘れていた。不思議なことに世話をしてくれるおせんを実の娘だと思い込んでいたふしがある。気掛かりなことがあると、夜中でもあれをしてくれ、これはしてくれたかとおせんに訊いた。おせんはそれに逆らわず「おばあちゃん、やっておきますよ」とか、「おばあちゃん、それはもう済みましたよ」とか応えていた。何んでも「はい、はい」と応えろと、舅《しゆうと》や姑を看取《みと》った女房達から知恵をつけられていたのだ。

おとしの亡骸《なきがら》は市助の家に運び、葬儀は市助がとり仕切った。市助の家は神田《かんだ》の佐久間町《さくまちよう》にあったが、六兵衛店の店子達は律儀《りちぎ》に香典を届けてくれ、おせんを感激させた。

おとしが亡くなると、丹治は襖を取り払い、元通りの壁にして差配に返し、一家はまた九尺二間《くしゃくにけん》の狭い暮らしに戻った。おせんはおとしが亡くなると、急に力が抜けたようになった。それを慰めたのも六兵衛店の女房達だった。お茶を淹《い》れるから、おいでよと誘ってくれる者もいれば、晩めしのお菜《さい》をそっと届けてくれる者もいた。おきよや妹のおすみでは力になれなかった。もちろん、丹治だって。

丹治はおとしが亡くなっても特に変わった様子はなかった。おとしの面倒を見たことできょうだいに対し恩着せがましいことは言わなかったし、余分の店賃の掛かりがあったことも恨んでいるふうはなかった。おとしの通夜の時、きょうだい皆んなが「丹治、ありがとよ。助かったぜ」と、礼を言ってくれただけで満足していたようだった。その時は普段の短気な性格も鳴《な》りを鎮《しず》め「なになに。いいってことよ」と鷹揚に応えていた。お父っつぁんはつまらないことに腹を立てるくせに、がつんと言わなきゃならない場面でおとなしくなる。全く訳がわからない人だとおきよは内心で思ったものだ。

おとしが亡くなってから丹治は手元《てもと》（大工見習い）の若い者を家に連れて来て晩めしを振る舞うようになった。今まではおとしの世話で忙しいおせんを慮《おもんぱか》り、客を連れて来るのを遠慮していたらしい。手元はいずれも二十歳前後の年頃で、皆、陽《ひ》に灼《や》けた顔をしていた。息子がいないせいで、おせんはそういう若者達に晩めしをご馳走《ちそう》するのを喜んでいた。

丹治が若者達を引き連れて来ると、年頃のおきよとおすみはどうしても意識せずにはいられなかった。彼らの若さが眩《まぶ》しかった。

銀太郎《ぎんたろう》は二十三歳の若者で、丹治が特に眼を掛けていた。

「銀太郎はいい奴よ。酒もやらねェし」

丹治はそんなことを言った。おきよは下戸《げこ》の父親を持ったせいで、亭主になる男は少しぐらい飲めたらいいと思っていた。晩めしに呼んでも、若者だからあっという間に食べ終える。せいぜい、話をしながら半刻《はんとき》（約一時間）ほど過ごせば、「ごっそうさん」と挨拶《あいさつ》してそそくさと帰ってしまう。世話が掛からなくていいというものの、その程度では本当にいい奴かどうかまでは見極められなかった。

だいたい銀太郎はおきよとまともに眼を合わせようとしない。遠慮しているのか、引っ込み思案なのかもわからなかった。

おきよは十八になるので、そろそろ先のことを考えなければならなかった。丹治は早く亭主を持てとおきよを急《せ》かさなかったが、おせんは六兵衛店の女房達が心配するので気を揉《も》んでいるらしかった。

「お姉ちゃん。銀太郎さんと一緒になる気はあるの」

夜、蒲団《ふとん》に入ると妹のおすみが囁《ささや》き声で訊いた。おすみは浅草の東仲町《ひがしなかまち》にある裁縫の師匠の所へ通っていた。その師匠はおきよも指南を受けた六十代の女だった。厳しく仕込まれたお蔭《かげ》で、おきよはおせんと一緒に呉服屋から回される賃仕事ができるのだ。いずれ、おすみも賃仕事をするようになるだろう。

「わからないよ。銀太郎さんはお父っつぁんが気に入っているようだけど、一緒になれば、あたしもやっぱり大工の女房で裏店住まいをしなけりゃならないから、それはどうかなあと思うのよ。あたしはお店《たな》奉公して決まった給金の入る人がいい。おすみはどう考えているの？」

おきよは顔をおすみに向けて訊き返した。

「お姉ちゃんと同じ。せめて裏店じゃなくて、小さくてもいいから表店の一軒家で暮らしたいなあと思っているの。それはできない相談かしらね」

おすみは心許《こころもと》ない表情で言う。

「そんなことない。おすみは愛嬌《あいきょう》があって可愛いから、きっといい所へお嫁に行けると思うよ」

「うわあ、お姉ちゃんに言われると、その気になりそう」

おすみは嬉しそうだった。

「お金持ちの男の人が亭主だといいよね」

おすみは無邪気に続ける。

「そうね。何んでも買って貰えるし」

「お芝居にも行けるよね。あたし達、お芝居なんて行ったこともない。お父っつぁんには奥山《おくやま》の見世物小屋《みせものごや》に連れてって貰っただけ。お父っつぁん、お芝居は嫌いなのかな」

浅草寺の裏手にある奥山は江戸の盛り場のひとつで、見世物小屋が軒を連ね、大道芸人も多い所だった。

「お芝居の嫌いな人なんてこの江戸にはいないよ」

「だったら、どうして？」

おすみは不思議そうに訊く。

「そんなこと、お父っつぁんの性格を考えたらわかりそうなものじゃない。お芝居見物は一日掛かりだから、お父っつぁん、辛抱《しんぼう》できないのよ。おばあちゃんのお通夜の時だって、お坊さんがお経を読んでいるのに、すぐに足をもぞもぞ動かしたり、辺りをきょろきょろ見回したりして落ち着かなかったじゃないの」

「そう言えばそうだね」

　おすみは思い出して、くすくす笑った。

「うるせェぞ。いつまでぺちゃくちゃ喋っていやがる」

　丹治のいらいらした声が聞こえた。二人は慌てて口を閉じた。

　闇に眼を凝《こ》らし、おきよは将来の自分の姿を想像してみる。だが、目の前に現れるのは六兵衛店の井戸端ばかりだった。母親と同じように裏店住まいをしなければならないとしたら、人生なんてつまらないと思う。大店の息子が嫁にほしいと言ってくることはないのだろうか。いや、もっといい家の娘として生まれたら、世の中はもっとおもしろく過ごせることだろうと思う。自分には運がないのだ。

　そう考えると、ため息しか出なかった。

三

　銀太郎の実家は本所の葛西村《かさいむら》で百姓をしているという。実家から届けられた青物を持って六兵衛店を訪れる。おせんは大袈裟《おおげさ》なほど喜ぶので銀太郎も嬉しいらしい。

　銀太郎が自分のことを憎からず思っているのはおきよもわかるようになった。縁日に一緒に行かないかと、そっとおきよに囁いたこともあった。その度におきよは「ごめんなさい。あたし、ちょっと用事があって」と、断った。丹治に内緒でどこかへ行くのはきまりが悪かったし、ずるずるとつき合って祝言《しゅうげん》の話にでもなったら困るという気持ちでもあった。銀太郎は「そうけェ、そいじゃ、またな」と、あっさり引き下がった。

　良心は咎《とが》めたけれど、おきよは夢を捨てられなかった。貧乏暮らしとは無縁の所へ嫁ぎたいという夢だった。

　そんな折、おきよに縁談が持ち込まれた。

　相手は本所・北本町《きたもとちょう》の米問屋「新倉屋《にいくらや》」の息子だった。息子の兼吉《かねきち》は新倉屋の末っ子で長男だった。姉達はすでに嫁いでいて、兼吉は三十歳になるまでこれといった縁談に恵まれなかったらしい。親孝行な息子だったので、両親に孝養を尽くしてくれる娘を探していたという。

おきよがその新倉屋のお眼鏡《めがね》に適《かな》ったとなれば、これ以上のことはなかった。縁談を持って来たのは六兵衛店の差配の儀助《ぎすけ》である。

儀助は親の言うことをよく聞いているおきよを好ましい眼で見ていたのだ。当節はあばずれまがいの娘も多くなっているので、儀助は新倉屋の若お内儀《かみ》におきよがふさわしいと熱心に勧《すす》めてくれた。

おせんは大層乗り気だった。嫁ぎ先が米問屋なら喰いっぱぐれる心配はないと思ったのだろう。丹治は真面目に働く男だが、大工職人は天候に左右される。冬場はもちろん、梅雨《つゆ》の季節にも仕事にあぶれ、実入りが悪い。やりくりの苦労をしなくてもよい米問屋という商売が気に入ったらしい。もちろん、おきよも大いに気を惹かれた。これで夢が叶《かな》うのではないかと、ひそかに思った。

おきよの縁談は儀助がやって来たその日の内に長屋中に拡まった。もはや祝言が決まったような口ぶりで「おめでとう」と祝いの言葉を述べる者もいた。

それから間もなく、新倉屋の近所の蕎麦屋で見合いをすることが決まった。おせんは張り切っておきよに一張羅《いっちょうら》の晴れ着を着せ、その朝は髪結いも頼んでくれた。だが、丹治は見合いの席に出ないと言った。

「わし、仕事もあるし、堅苦しい席はきれェだから遠慮するわな。なあに、わしがいなくても大家さんがついてるから心配ねェって」

丹治はそう言って、儀助が幾ら勧めても一緒に行くとは言わなかった。

本所・北本町の蕎麦屋の二階でおきよは新倉屋の息子の兼吉と向かい合って座った。

兼吉は両親と上の姉を伴っていた。兼吉は三十歳で末っ子だから、両親はどちらも七十近い年寄りだった。姉も四十の半《なか》ばという感じだった。父親は中風《ちゅうぶう》を患《わずら》っているようで、始終、口をむぐむぐさせていた。母親はおとなしい人で、何か訊かれたら応えるが、その他は黙っているばかりだった。少し惚《ぼ》けていたのかも知れない。目の前におきよがいるのに、さして興味を惹かれる様子もなかった。

蕎麦の前に口取りが出て、銚子《ちょうし》の酒も並べられた。兼吉は両親を気遣《きづか》い「お父っつぁん、これはおいしいよ」だの、「おっ母さん、先にせいろを運んで貰うかい」だのと盛んに言葉を掛けた。姉のおふみも父親が食べ物をこぼさないように気を遣っていた。

「若旦那は本当に親孝行な息子だ。いや、感心しましたよ」

儀助が感激した口ぶりで言う。おきよは何んだか居心地が悪かった。兼吉の両親が思っていたより年寄りだったので、少し驚いたせいかも知れない。姉のおふみもおせんより年上に見えた。

「親父は、昔はきつい人で、わたしはずい分叱《しか》られましたよ。お袋も行儀に厳しくて、物差しでしょっちゅう、尻を叩《たた》かれました。でもね、二人とも年を取ると子供に返るんですね。今は可愛くて仕方がありませんよ」

兼吉はそう言って眼を細めた。上等の縞《しま》の単衣《ひとえ》に薄物仕立ての羽織を重ねた兼吉は、いかにも大店の若旦那という風情《ふぜい》だった。新倉屋は旗本屋敷の御用も引き受けている大きな米問屋だった。

「新倉屋さんには他にもいいお話がたくさんあったでしょうね」

おせんはさり気なく探りを入れた。おふみの眼がその瞬間、微《かす》かに光ったように感じられた。

「ええ、ございました。わたしがこの年まで独《ひと》りでいたのは、やはり親父とお袋が気になっていたからですよ。他人には、どうも安心して二人の世話を任せられないような気がして」

兼吉は低い声で応えた。

「お二人のお世話はお姉さんがなさっておいでですか」

おせんはおそるおそるという感じで訊く。

「姉ちゃんの家はすぐ近所なんですよ。それで日中は来て貰っています。でも、夜には帰ってしまいます。姉ちゃんも自分の時間がなくて可哀想《かわいそう》なんですよ。それで、わたしが身を固めれば、親父とお袋も安心するだろうし、姉ちゃんの苦労もなくなると思いましてね。この際、親父とお袋によくしてくれる人なら家柄のことは気にしないと大家さんにお願いしたのですよ」

兼吉は如才《じょさい》なく笑顔で応えた。儀助は満足そうに肯《うなず》き「おせんさん、若旦那はおきよちゃんに身ひとつでお嫁に来てほしいとおっしゃったのですよ。持参金のことなど心配しなくてもよござんすよ」と言った。

（よござんすって）

おきよは胸で儀助の言葉を繰り返した。儀助のその言い方は普段聞いたこともないものだった。当たり前なら新倉屋に嫁入りする時には持参金が要《い》ったのだろうか。おきよはそっとおせんの顔色を窺《うかが》った。おせんは複雑な表情をしていた。

「どうですかな、おせんさん」

儀助はおせんの気持ちを訊いた。

「ありがたいお話ですけれど、うちの人とも相談しなければなりませんので」

おせんはやんわりと応えた。

「丹治さんだって賛成してくれるはずだよ。何しろ、相手は新倉屋さんだ」

儀助は決めつけるように言う。おせんは返答に窮して俯《うつむ》いた。

「おきよさんには兄さんか弟さんがいるのですか」

おふみは父親のよだれを拭《ふ》いた後で、ふと思いついたように訊いた。色黒で癇《かん》症《しょう》な感じの女だった。

「いえ、妹がいるだけです」

おきよは低い声でようやく応えた。

「あら、それじゃ、お父っつぁんかおっ母さんが病《やまい》に倒れた時は誰が面倒を見るおつもり？」

（おつもりって）

おきよはまた、胸で呟く。

「そんなことはまだ考えておりません。お父っつぁんはまだ元気に働いておりますから」

「駄目よ。今からしっかり考えておかなきゃ。あなたが新倉屋に嫁に来て、親の看病のためにしょっちゅう実家に戻られたら、こっちが迷惑しますからね。妹さんにお婿《むこ》さんを迎えるようにお願いして下さいましな。そうすれば丸く収まりますから」

おふみは早口で言った。ここに丹治がいなくてよかったとおきよは思った。間違いなく腹を立てたはずだ。兼吉は両親の面倒を見させるためにおきよを嫁にしたいのだ。裏店住まいの娘なら新倉屋の嫁になることに異を唱《とな》えるはずがないと言わんばかりだった。

出された料理におきよは一切手をつけなかった。おせんも同じだった。帰り道、昼酒にほろりと酔った儀助だけが上機嫌だった。

家に戻ると、おきよは邪険《じゃけん》な仕種で帯を解いた。そうしながら悔しさで涙がこぼれた。

おせんはおきよの気持ちを察して「このお話、お断りするよ」と、ぽつりと言った。

「そうして……」

おきよも洟《はな》を啜《すす》りながら言う。

「うまい話には裏があるって本当だね。あたしら、一杯喰わされたよ。嫁に行ってから舅や姑が倒れて看病するならわかるけど、最初からそれを当てにしているなんて、呆れてものが言えないよ。大店なんだから、銭を払って世話をしてくれる人を探せばいいじゃないか。ああ、気分が悪い」

珍しくおせんは腹を立てていた。

「おっ母さん、この話、お父っつぁんにはしないでね」

おきよはそう言った。

「どうしてさ」

おせんは怪訝な眼でおきよを見た。

「頭に血を昇らせて、新倉屋さんに談判《だんぱん》に行くかも知れないじゃない」

「そうだねえ。でも、何か言い訳を考えないと、お父っつぁんだって得心しないのじゃないかえ」

「あたしの気が進まないで、いいんじゃない？」

「………」

「だって、本当に新倉屋さんにお嫁に行く気はないんだから」

おきよはきっぱりと続けた。

「お前の気が進まないんだから仕方がないよねえ……」

おせんは割り切れないような顔をしていたが、それ以上は何も言わなかった。

四

新倉屋の話を断りたいと言った時、意外にも丹治は「そうか。いやな所に無理して行くこたァねェやな」と、笑顔で応えた。ほっと安心しているふうでもあった。

しかし、差配の儀助は納得しなかった。新倉屋の縁談を振るなんて、どうかしている、今後、こんないい話は二度とないよ、と不機嫌そうに言った。それでも首を縦に振らないおきよに業《ごう》を煮やし、自分の面目《めんぼく》が丸つぶれだと、丹治が裏店の壁を壊して襖を入れた時と同じぐらいにかんかんに怒った。おきよは身を縮《ちぢ》めて謝るばかりだった。そこへ丹治が仕事を終えて帰って来たからたまらない。すさまじい口論になった。

六兵衛店の店子達は心配して土間口前に集まり、なりゆきを見ていた。ただ、この度だけ、店子達の意見は儀助に傾いていたらしい。何が不満で新倉屋の話を断るのかという顔を誰もがしていた。

売り言葉に買い言葉の口論の末、儀助は、「こんな頭のおかしな親子と話をしても始まらない」と捨て台詞を吐いて帰って行った。

おせんは土間口の外に出て「お騒がせして申し訳ありません」と店子達に謝っていた。

やがて、おきよが新倉屋の縁談を断ったのは舅姑の世話をするのがいやだったせいだと、長屋中に噂《うわさ》が拡まった。生意気な娘だ、何様のつもりでいるのかと、六兵衛店の女房連中はおきよの陰口を叩くようになった。おきよの気持ちがどうであれ、理由はそれなのだから言い訳のしようがない。おきよはしばらくの間、女房連中の冷ややかな視線を避けるように、家の中に閉じこもり、息を詰めるように過ごした。

おせんは、女房連中に言い訳がましいことは言わなかった。女房連中もおせんまで目の敵《かたき》にするつもりはなかったので、表向きは普段通りのつき合いが続いていた。

暑い夏はいつの間にか過ぎ、江戸は虫の声が耳につく秋の季節を迎えていた。

新倉屋はおきよに当てつけるように別の娘と祝言を挙げた。相手はおきよと同じ裏店住まいの娘だったらしい。その噂を聞きつけると、六兵衛店の女房連中は今さらながら、おきよが縁談を断ったことを惜しがった。

夕方、おきよはいつものように蛇骨湯で汗を流して外に出ると、ちょうど丹治も湯から上がって出て来たところだった。丹治は一人でなく、銀太郎を伴っていた。

「お帰りなさい」

おきよは笑顔で二人に声を掛けた。

「これからヤサ（家）で銀太郎と一緒に晩めしを喰おうと思っていたのよ。その前にひとっ風呂浴びに来た」

丹治も機嫌のいい顔で応える。

「ようやく涼しくなって、これから仕事がしやすくなりますねえ」

おきよは銀太郎に愛想を言った。へいへいと照れたように銀太郎は応える。

「ちょいと甘《あ》めェもんがほしいな。汁粉《しるこ》でも喰うけェ？」

丹治はおきよの顔色を窺《うかが》いながら言う。

「あたしは構わないけど、銀太郎さんはどう？　晩ごはんの前にお汁粉なんて胸がつかえない？」

「いえ、おいらは別に」

銀太郎はもごもごと応えた。

「そう？　じゃあ、笹屋《ささや》に行こうよ、お父っつぁん」

おきよは張り切って丹治の腕を取った。

「笹屋」は浅草広小路にある甘味処《あまみどころ》だった。

年寄り夫婦が二人でやっていて、夏の季節はところてんも出す。

間口二間の笹屋は狭い見世だが、屋号の通り土間口前には笹竹の植木鉢を置き、中は赤い毛氈《もうせん》を敷いた床几《しょうぎ》を並べている。見世の壁には美人画の軸が下がり、棚には藁細工《わらざいく》のみみずくや張り子の達磨《だるま》、市松《いちまつ》人形などが置かれ、全体に女こどもが好みそうな飾りつけをしている。

銀太郎はともかく、丹治のような、いい年をした男が気軽に入れる見世とは言い難《がた》い。しかし、丹治は意に介するふうもなかった。

「汁粉三つ。ひとつはぬるいので頼む」

丹治は慣れた様子で板場に声を掛ける。笹屋の主も心得顔で「あいよ」と、ごま塩頭を振って応えた。

「ぬるい汁粉って、何んですか」

銀太郎は怪訝そうに丹治に訊いた。

「お父っつぁん、熱いものが苦手なのよ。ごはんだって、お味噌汁だって、冷《さ》めたのしか口にしないのよ」

おきよは丹治の代わりに応えた。

「熱い方がうまいと思いますけどね」

「熱いと喰うのに時間が掛かる。わし、さっさと喰いてェのよ」

丹治は悪戯《いたずら》っぽい表情で言う。

「親父さんらしい。そういや、蕎麦屋に入ってかけ蕎麦喰う時、水、入れましたよね。おいら、びっくりしたんですが、そういう訳だったんですかい」

銀太郎は納得した顔で肯いた。

「おれァ、十《とお》の時にこの道に入ったのよ。親方の家に住み込んで修業した。住み込みの小僧なんざ哀《あわ》れなもんよ。盆も正月もなく、朝から晩まで扱《こ》き使われた。

めしもおちおち喰っていられねェ。いっつも片膝《かたひざ》立ててよう、親方が何か言ったらすぐに飛んで行けるようにしていたのよ。その癖《くせ》が未《いま》だに抜けねェ。辛《つら》くて逃げ出してもよう、うちのお袋は、お前ェに喰わせるめしはねェと、家ん中に入れてくれなかったのよ。お袋は鬼だと恨んだもんだ」

丹治は遠くを見るような眼で言った。その鬼のような母親でも丹治は引き取って最期まで面倒を見たのだ。おきよは父親に初めて不憫《ふびん》なものを感じた。

「切ねェ話ですね」

銀太郎はそう言って、しゅんと洟を啜った。

銀太郎もおきよと同じ気持ちでいたらしい。

「何、泣いていやがる。おかしな野郎だぜ、全く。お前ェだって口減らしのために大工の徒弟《とてい》に行かされたんだろうが」

丹治は銀太郎を慮る。

「でも、親父さんの苦労に比べたら、おいらの苦労なんざ、屁《へ》のようなもんです……あ、喰い物屋に来て、汚《きた》ねェ話をしてしまいやした」

銀太郎は慌てておきよに謝った。

「いいのよ、気にしないで」

おきよはさり気なく言って笑った。運ばれて来た汁粉は丹治の分だけ冷めたものだった。

丹治はそれをあっという間に啜り込み「うまかった」と言った。それからつけ合わせの紫蘇《しそ》の漬け物を摘《つま》みながら「銀太郎はな、おきよが見合いをしたと言ったら、途中で具合が悪くなったのよ」と、愉快そうにおきよに続けた。銀太郎はその拍子に咽《むせ》た。

「親父さん、そんな話をわざわざすることァ、ねェでしょうが」

その時だけ、ぷりぷりして丹治を睨《にら》んだ。

「あのお話を断ってから、あたし、長屋のおかみさん達の評判を落としてしまったのよ。舅姑の世話がいやだから断るなんて、生意気な娘だって……まあ、その通りなんだから仕方がないけど」

おきよは箸《はし》を止めて言う。

「人のことなんざ気にすることァねェ。いやなものをいやと言って何が悪い」

丹治はおきよの肩を持つ言い方をした。

「お父っつぁん……」

丹治が自分の気持ちをわかってくれたことが、おきよはとてつもなく嬉しかった。やっぱり、自分の父親だと改めて思った。

「おきよちゃん、新倉屋のその後のことは聞いておりやすかい」

銀太郎は上目遣《うわめづか》いで訊く。

「いいえ、何も」

「金棒《かなぼう》引きと笑わねェで下せェ。おいら、どうしても気になって新倉屋の様子をそれとなく見ていたんですよ。祝言は、そりゃあ、新倉屋の暖簾《のれん》に恥じねェ豪勢なもんでした。嫁さんの衣裳から、箪笥《たんす》、長持《ながもち》、挟《はさ》み箱《ばこ》、びいどろの鏡台まで、皆、新倉屋が用意したそうですぜ。で、婚礼が終わると、今まで年寄りの世話をしていた姉さんは亭主と一緒にお伊勢《いせ》参りに出かけちまったそうです。まあ、長年、親の世話をして来たんですから、それをどうこう言うつもりはありやせんがね。若旦那は新倉屋の主として店をとり仕切っておりやすから、色々と出かける用事がある。で、嫁入りしたばかりの若お内儀さんは……」

銀太郎はそこで言い澱《よど》んだ。

「お舅さんとお姑さんの世話ばかりなのね」

おきよはため息交じりに言った。

「さいです。もう、隠居部屋から一歩も出られなかったそうです。何も彼《か》も承知して嫁入りしたはずですが、一日中、身動き取れねェ。おちおち厠《かわや》に入ってもいられなかったそうです。あ、また汚ねェ話をしちまいやした」

銀太郎は頭に手をやって謝った。

「それで、若お内儀さんは今でも相変わらずお舅さん達のお世話ばかり？」

おきよも気になって銀太郎の話を急《せ》かした。

「いいえ、嫁入りして十日も経たねェ内に逃げ出したそうです。若旦那は頭に血を昇らせて、祝言の掛かりを返せと喚《わめ》いたって話ですぜ」

やはり、自分の予想した通りになったと、おきよは胸で独りごちた。兼吉の両親に罪はないけれど、もう少し、やり方があっただろうと思う。嫁に来たばかりの娘には酷なことだ。

「で、今、新倉屋さんのご両親は誰がお世話しているの？」

汁粉を食べ終え、茶を啜っておきよは訊いた。

「二番目だか、三番目だかの姉さんが駆けつけて来たそうです。その姉さんも、ひどい嫁だと周《まわ》りに悪口を叩いているそうです」

まかり間違えば、それは自分になったかも知れないのだ。

「どう思う、お父っつぁん」

おきよは黙って話を聞いていた丹治に言った。

「わし、難しいことはわからん」

にべもなく応える。

「お父っつぁんだって、おっ母さんにおばあちゃんの世話をさせたじゃないの」

「おせんはなあ、わしの気持ちがわかっているのよ。よいよいの婆さんを誰も引き取ると言わねェなら、わしがそれをすることをな」

「勝手じゃないの」

「何を！」

丹治の眼が尖《とが》った。銀太郎は慌てておきよに目配せした。

「おきよちゃん、お袋さんは、そのことで愚痴《ぐち》をこぼしておりやしたかい？」

銀太郎は二人をとりなすように訊いた。

「ううん。おっ母さん、自分が親がいなかったから、親孝行の真似事ができると言っていただけ。あたしなら、とてもそんなこと言えないから、おっ母さんってすごいなあと感心したのよ」

「親父さん、できた女房でよかったですね」

銀太郎も感激した様子で頭を振った。

「何言いやがる。おせんが婆さんのことで苦労したのは百も承知よ。心底ありがてェと思っている。だが、夫婦なんだから改まって礼なんざ言わねェ。それが夫婦ってもんよ」

丹治がそう言うと、銀太郎は「ですよね」と相槌《あいづち》を打った。

「おばあちゃんを引き取る時、お父っつぁんは二軒分の裏店を借りたけど、一軒家を建てようとは思わなかったの？」

おきよはふと思いついて訊いた。

「何んで一軒家を建てなきゃならねェのよ」

丹治は不思議そうに訊く。

「だって、その方が色々便利だから」

「ははん、お前《め》ェは裏店住まいがいやなのか」

「いやじゃないけど、お父っつぁんなら一軒家を建てられる器量はあると思っていたから」

おきよはもごもごと応える。

「家なんざ建てたら、後が面倒だ。いずれお前ェもおすみも嫁に行って亭主を持つだろう。わしとおせんが死んだら、その家は誰の物になる？」

「そんなことわからないよ」

「お前ェ達二人なら問題はねェが、後ろに亭主がいる。亭主の後ろにはきょうでェ、親戚がいる。ひと悶着《もんちゃく》起きるぜ。わし、そういうのが面倒臭ェ。だったら裏店住まいの方がよほど気楽だ。用が済んだら返しゃいいんだからな」

丹治はあっさりと言う。

「要《よう》は考え方ひとつですね。親父さんは家を建てられるけど建てねェ。親父さんのきょうだいより、余裕があるってことですよ。だからおきよちゃんの婆さんも引き取れたんだ。そうですね」

銀太郎は腑《ふ》に落ちた表情で口を挟んだ。丹治は「手間取りの大工に余裕なんてあるけェ」と、皮肉な笑いを洩《も》らす。

「ですが、親方以外でおいら達にめしを奢《おご》ってくれるのは親父さんぐらいなんですよ。家を建てて借金があったら、とてもそんな真似はできねェ。いや、おいらも勉強になりやした」

銀太郎は殊勝《しゅしょう》に頭を下げた。

銀太郎はこんな短気な父親を慕《した》っているのだと、おきよは思った。銀太郎の顎《あご》には剃《そ》り残った髭《ひげ》が疎《まば》らに生えていた。赤い皰《にきび》もぽつぽつ日立つ。

銀太郎さんのこと、ちょっと考えてみようかな、とおきよは内心で思っていた。

五

差配の儀助は性懲《しょうこ》りもなく新倉屋の縁談を蒸し返して来た。兼吉は女房に出て行かれたというのに、肝腎《かんじん》なことがまだわかっていない様子だった。ただ親の面倒を見てさえくれたらよいと考えているらしい。親孝行なのはわかるが、それよりも女房と心を通じ合わせるのが先だということに気づいていなかった。今はもう、なりふり構わないという態《てい》で嫁探しをしているようだ。もちろん、おきよにも考え直してくれないかと、再三、儀助に持ち掛けていたのだ。

儀助はおきよを見ると、愛想笑いを張りつかせた顔で近寄り、あの手この手で承知させようと図った。おきよはいい加減、うんざりだった。挙句《あげく》に大家の言うことを聞けない店子は出て行ってほしいと脅《おど》した。

丹治は堪忍袋の緒を切らし、儀助に平手打ちを喰らわせてしまった。万事休すだった。

丹治はそれから新しく住まいを見つけなければならなくなったが、けちな裏店といえどもおいそれとは見つからなかった。

しかし、捨てる神あれば拾う神もある。丹治の親方が田原町の同じ町内に新しく裏店を建てる仕事を請《う》け負《お》った。

何でもそこは深川《ふかがわ》の材木問屋の主の妾宅《しょうたく》だったのだが、主が亡くなり、跡継ぎの息子は父親の妾《めかけ》に手切れ金を渡して出て行かせたという。息子は妾宅を取り壊し、その後に裏店を建てて人に貸すつもりでいた。丹治は一も二もなくその話に飛びついた。材木問屋の息子はふたつ返事で承知してくれたという。

それどころか、裏店に入る時に支払う樽代《たるだい》（権利金）もいらないし、店賃だけきちんと払ってくれたらそれでいいと鷹揚なところを見せた。店賃も毎月六兵衛店で支払っているものと同じだった。丹治は六兵衛店の店子達にその話をした。店賃が今までと同じで、しかも新築の裏店に入れるなんて、まるで夢のような話だと、店子達は口を揃《そろ》えた。

ただ、年寄りのいる家は引っ越しの手間が掛かることで渋い表情をした。

「そんなこたァ、長屋の連中が手分けしてやれば済むことだ」

丹治は熱心に勧めた。この時の丹治は日頃の短気な性格を引っ込め、根気よく一軒一軒、説得して廻った。おきよはそれを、店子達のためというより、おせんのためのような気がした。六兵衛店の女房達とのつき合いが、おせんにとって大事であることを十分に知っていたからであろう。ようやく長屋中の連中が決心を固めたのは、新築の裏店が完成する十日前だった。

丹治は儀助の家がある花川戸町《はなかわどちょう》に行き、六兵衛店から出て行くと告げた。儀助はさして驚きもせず「ああ、そうかい。今度はよそさまと悶着《もんちゃく》を起こさず暮らしておくれ」と、おざなりに応えた。

「で、わしの家だけでなく、六兵衛店の連中も皆、移りやすんで」

そう続けた時、儀助の口がぽかんと開いた。

「なに、世迷言《よまいごと》をほざいているんだ。長屋中の人間が引っ越しするって？　冗談も休み休み言いなさいよ」

儀助は埒《らち》もないという顔で吐き捨てた。

「冗談じゃありやせんよ。本当のことですぜ。田原町三丁目に裏店が新築されたのはご存じですね」

「ああ、知っているよ。深川の大野屋《おおのや》さんの持ち物だそうだね……何、あんたら、そこへ皆、移るって言うのかい」

儀助はそこでようやく仰天《ぎょうてん》した。

「樽代の工面をどうするのだい。今でもかつかつの暮らしをしているくせに」

儀助はいまいましそうに続ける。

「ご心配なく。大野屋の旦那はできたお方なんで、わしら、毎月の店賃だけ払えばいいんですよ。この年で新築の家に入れるなんざ、わしらは果報者ですよ」

丹治は愉快そうに話した。儀助は返す言葉もなく俯いていたという。

「楽しい楽しいお引っ越し。六兵衛店からお引っ越し。今度は弁天《べんてん》長屋にございます」

六兵衛店の子供達が作った唄をうたいながら、大八車《だいはちぐるま》に荷を積んで引っ越しが始まった。

裏店といえども木の香のする住まいは気持ちがよかった。畳も新しい。土間口の油障子はするすると開く。屋根は雨漏りしない。

店子達の顔も嬉しさで輝いていた。引っ越しとなれば、狭い家の中に結構荷物があった。

おきよは銀太郎に手伝って貰い、三度、古い住まいと新しい住まいを往復した。

丹治の荷物は大工道具を除けば、衣類その他は柳行李《やなぎごうり》ひとつで間に合った。おきよとおすみの荷物はその四倍も五倍もあった。柳行李ひとつで足りる丹治の荷物は、そのまま丹治の人生をも表しているような気がした。いっそ、それもさっぱりして気持ちがいいが、おきよはとても真似ができないと思う。

「おいらも弁天長屋に住もうかな」

銀太郎は大八車を引きながら独り言のように言う。大野屋は七福神の一つである弁財天を信仰していたので、裏店の名を「弁天長屋」にしたという。取ってつけたようで笑ってしまうが、店子達は誰も気にしていなかった。

「店賃、払って行けるの？」

荷物を支えながら大八を押すおきよが訊く。

「親父さんに聞いていないかい？　おいら、来年から、一人前の大工の手間賃が貰えるんだよ」

「…………」

「喜んでくれねェのかい？」

銀太郎は黙ったおきよを振り向いた。

「ううん。ちょっとびっくりしただけ。おめでとう。これで手元から出世するのね」

「出世なんてもんじゃねェよ。まだまだ親父さんに教わらなきゃならねェことがいっぱいあるんだ。だが、まあ、ひと区切りついたわな」

「そうね」

「おいらが弁天長屋に住むことをどう思うよ」

「好きにしたら」

「冷《つめ》てェ言い方だな。おきよちゃんが一緒に暮らしてくれるんじゃねェかと、ひそかに願っているんだが」

銀太郎は梶棒《かじぼう》に力を込めた。

「親父さんとお袋さんみてェな夫婦になりてェのよ」

銀太郎は声を励まして続ける。おきよは何んと応えてよいかわからなかった。

「よう、いやならここではっきり言ってくれ。そしたら、きっぱり諦《あきら》めるから」

銀太郎の一世一代の決心を口にしていた。

「あたしは……お父っつぁんのような短気な亭主はいや」

おきよはようやく応えた。

「親父さんは短気じゃなく、せっかちなだけだ」

銀太郎は丹治の受け売りを口にした。

「でも、おっ母さんは好きよ」

おきよは慌てて言った。銀太郎が、ふっと笑ったのがわかった。

「おいら、隠していることがあるのよ」

銀太郎は改まった顔で言う。

「何？」

「親父さんはおいらも下戸だと思っているようだが、そうじゃねェのよ」

「飲めるの？」

おきよの声が思わず弾《はず》んだ。

「ああ」

「いいじゃない。男は酒ぐらい飲めなきゃ」

おきよは景気をつけた。

「だけど、当分、内緒にしてくんな。そうでなきゃ、親父さんは気分を悪くするから」

「そうだね」

おきよは笑って応える。銀太郎の申し出にすぐに返事はしなかった。だが、おきよは知っていた。いずれ、弁天長屋で銀太郎と所帯を持つ自分を。それで、井戸端に集まり、長屋の女房達と毎日、埒もないお喋りをする自分を。親戚でもきょうだいでもない店子達と毎日顔をつき合わせ、嬉しい時は一緒に喜び、悲しい時は一緒に涙をこぼすのだ。それがいい。それが自分の身の丈《たけ》に合った倖せだと、ようやく思えた。丹治がそれとなく自分に教えてくれたのだ。

新倉屋は嫁のなり手がなく、仕方なく両親の世話をする女中を二人雇ったという。おきよはそれを聞いて本当に安心した。儀助は六兵衛店の店子達が全員いなくなったので家主から大層叱られたそうだ。これから新しい店子を探すために忙しい日々が続くことだろう。

「親の意見となすびの花は、って諺《ことわざ》を知っている?」

おきよは試すように銀太郎へ訊く。

「千にひとつの無駄もねェ、ってか」

銀太郎は愉快そうに応える。

「はい、お利口さん」

茶化すように言うと「おきゃあがれ」と、銀太郎は気軽な口を利《き》いた。

頭上に秋の空が拡がっていた。うろこ雲は広い空のどこまでも続いている。

「嬉しい嬉しいお引っ越し。六兵衛店からお引っ越し。今度は弁天長屋にござります」

子供達の声におきよも思わず調子を合わせていた。

妻恋村《つまごいむら》から

一

江戸の本所《ほんじょ》にある小梅村《こうめむら》は紅葉《こうよう》の季節を迎えていた。今年は秋の彼岸を過ぎた頃から急に肌寒くなり、日によって朝晩の寒さは初冬にも匹敵するほどだった。野分《のわき》(台風)が二度続いたので、その影響もあったのかも知れない。

小梅村では民家の屋根瓦《がわら》が落ちたり、田圃《たんぼ》や畑の用水に利用している曳舟川《ひきふねがわ》の水嵩《みずかさ》が増して通り道に溢《あふ》れるなどの被害が出た。村人達は野良仕事の合間に屋根や道の補修工事をしなければならないので、忙しい日々が続いた。幸い、野分が去ってからよい天気が続き、村人達は朝晩の肌寒さに、さして頓着《とんちゃく》しているふうもなかった。

千寿庵《せんじゅあん》という小さな寺でも本堂の屋根瓦が何枚か落ち、境内《けいだい》に植わっていた梅の古木が倒れた。屋根瓦は修理すれば元通りになるが、梅の樹《き》は、そうはいかない。毎年、花時にかぐわしい匂いを振り撒《ま》いていた梅の樹が一本減ってしまったことで庵主《あんしゅ》の真銅浮風《しんどうふふう》は心底がっかりしたものだ。まあ、しかし、自然災害だから誰に文句のつけようもない。諦《あきら》めるよりほかなかった。

気温の変化のお蔭《かげ》か、この年の紅葉はことのほか見事だった。その朝も、浮風はいつものように本堂で読経《どきょう》を済ませた。浮風は墨染《すみぞめ》の衣《ころも》に菩提樹《ぼだいじゅ》の実で拵《こしら》えた数珠《じゅず》を携《たずさ》えている。頭に被《かぶ》った白い頭巾《ずきん》は風が冷たく感じられるようになったこの季節、防寒の役目も果たしてくれる。浮風は尼僧《にそう》だった。

二番目の亭主を亡くすると浮風は剃髪《ていはつ》して、この小梅村に庵《いおり》を結んだ。四季折々の花に囲まれ、亡き人の菩提を弔《とむら》う毎日に浮風は満足していた。

とはいえ、年々、千寿庵を訪れる者は増えている。人々は境内の花を眺めたついでに本堂の弥勒菩薩《みろくぼさつ》像へお参りしてくれる。浮風が当初考えていた静かな毎日とはいささか趣《おもむき》が違ってきていた。

まあ、しかし、それも弥勒菩薩様の思《おぼ》し召しかと浮風は気持ちを切り換え、参拝客にはにこやかな笑顔で接するようにしていた。

本堂の扉を開けて風を入れようとした時、ふと火灯窓《かとうまど》に眼がいった。火灯窓は本堂の西側に設《しつら》えてある。明かり取りのための窓だ。

尖頭（アーチ）型の窓の意匠は唐《から》からこの国へ伝わり、今では多くの寺院に取り入れられている。その火灯窓に樹木の影が映っていた。もみじだった。千寿庵の山門近くにも、もみじの樹があり、そちらの紅葉も浮風の眼を喜ばせていたが、本堂の西側に植わっているもみじは格別だった。千寿庵を興《おこ》して間もなく、浮風は小梅村の名主《なぬし》の家へ托鉢《たくはつ》に行き、その庭にあったもみじの色に眼を奪われた。指を触れたら染まりそうな深紅《しんく》だった。浮風があまりに褒《ほ》めるものだから、名主は株分けして届けてくれた。うまく根付くかどうか、ずい分と心配したが、土との相性もよかったせいで何《な》んとか枯れずに育ってくれた。幹《みき》はまだ細いが存分に枝を伸ばし、今では名主の庭のもみじと遜色《そんしょく》ないほど鮮やかに紅葉してくれる。

　浮風は胸をときめかせて火灯窓に近づき、そっと障子を開けた。途端、もみじの赤で眼を射られたような心地がした。ほんの半月前は暗いえんじ色に見えていたが、今はすべて深紅に染まっていた。

　浮風はその場にぺたりと座り、しばらくの間、呆《ほう》けたように見入った。

　境内で富蔵《とみぞう》が竹箒《たけぼうき》を使って落ち葉《は》を掃き寄せていた。富蔵は小梅村で百姓をしている三十代の男で、女房のおかいとともに数年前から浮風の手助けをしてくれている。屋根瓦の補修も倒れた梅の樹の撤去も富蔵がやってくれた。頼りになる男である。富蔵夫婦が傍《そば》にいるお蔭で齢《よわい》五十四になった浮風でも何んとか千寿庵を守って行けるのだ。

やがて、富蔵は落ち葉に火を点《つ》けた様子である。燻《いぶ》った臭いが感じられた。火の始末をきちんとしてと言うつもりで本堂の扉を開けると、白い煙の向こうから白髪頭の男がゆっくりとこちらへ歩いて来るのが見えた。

見慣れない顔だったので土地の人間ではないようだ。

「爺《じい》さん、何か用事かね」

富蔵はうさん臭い眼を向けながら訊《き》く。

「へ、へい。ここは尼寺と聞いて来ましたが」

老人は気後れした様子で応える。年は六十を過ぎているように見える。

「そうだよ。爺さんに縁があるところじゃねェよ。おなごの寺だ」

「わし、嬶《かか》ァと娘の骨を持って来ましただ。その骨を納めて貰《もら》えねェだろうか」

「誰か間に入っている人がいるのけェ？　ここは特別のことがねェ限り、仏さんの供養はしねェんだよ」

富蔵は邪険《じゃけん》に応える。千寿庵には墓所というものが特になかった。浮風の亡き夫の墓と、どうしても断り切れなくて引き受けた墓が四、五基あるだけである。

「駄目ですかい。そうですかい……」

老人は意気消沈して俯《うつむ》く。

「爺さんの所にも先祖代々の墓があるだろうが。なぜ、そっちに入れてやらねェのよ」

「これには色々、訳がありまして……」

老人はもごもごと応える。浮風は老人が気の毒になり「富蔵さん、ひとまずお客様にひと休みしていただきましょう」と声を掛けた。

「いいんですかい？　何か面倒な事情がありそうですよ」

富蔵は相変わらずうさん臭い眼で老人を見ながら言う。これまでも菩提寺の住職と反《そ》りが合わないから檀家《だんか》をやめて千寿庵の世話になりたいと頼んでくる者がいた。

力になりたいのは山々だったが、浮風は死者を弔う資格を持っていなかった。しかるべき寺で修行を積み、師僧から僧階《そうかい》を与えられ、初めて僧として認められるのである。剃髪して墨染めの衣に身を包んだだけでは僧と呼べないのだ。浮風自身も葬儀や仏の供養で口を糊《のり》しようとは考えていなかったので、せっかくの申し出も断るよりほかなかった。

幸い、近所の正覚寺《しょうかくじ》という寺の住職ができた人で、よほどの事情がある時は千寿庵に出向いて来て、浮風の代わりに供養をしてくれた。しかし、それをしょっちゅう頼む訳にもいかなかった。

浮風は草履《ぞうり》を履《は》いて本堂から出ると、老人に近づいた。

「わたくし、庵主の真銅浮風と申します。どちらからお越しですか」

浮風は頭を下げて老人に訊く。

「へ、へい。わしは上州《じょうしゅう》吾妻郡《あがつまごおり》の鎌原村《かんばらむら》からめェりやした」

老人は俯きがちにおずおずと応えた。

「まあ、上州ですか。遠い所をわざわざありがとう存じます。それで、この寺のことはどなたからお聞きになったのですか」

「へ、へい。村の仲間が江戸へ出稼ぎに出た折、向島《むこうじま》で花見をしたことがありやして、途中でこのお寺に立ち寄ったそうです。きれいな花が咲いている尼寺だと、国へ帰った時にわしに話してくれたんでさァ。わしはすぐにも江戸へ出たかったんですが、田圃や畑の世話があって身動き取れやせんでした。ぼやぼやしている内に三年も時が過ぎてしまいやした。今年になって倅《せがれ》が足腰の達者な内に江戸へ行って来いと、稲刈りが終わると江戸へ出稼ぎに行く者にわしのことを頼んでくれやした。それで一緒に連れて来て貰《もら》ったんでさァ」

「おかみさんと娘さんの供養のためですか」

「さいです。優しい尼《あま》さんのいる寺に二人を入れてやりてェと思いやして」

それを聞いただけでは事情がよくわからなかった。もっと詳しい話を聞くため、浮風は本堂へ老人を促《うなが》した。老人は遠慮がちに浮風の後に従う。

「旦那さん、お顔を上げてごらんなさい。ほら、本堂の左側にあるもみじが見事ですよ」

浮風は自慢のもみじを老人に見せたかった。

顔を上げた老人は黄色い目脂《めやに》のついた眼を二、三度しばたたき「あれえ、きれえなもみじだなあ」と感歎《かんたん》の声を上げた。

「今年は特に見事なのですよ。きっと、旦那さんがお見えになることがわかっていて、きれいに紅葉してくれたのかしらね」

「死んだ嬶ァも、もみじが色づくと喜んでおりやした。あの樹のてっぺんで嬶ァがわしを見ているような気がしやす」

「きっとそうですよ」

浮風は老人にふわりと笑った。

本堂の扉を開けていても、日中の風はそう冷たくなかった。本堂の座敷に入ると、老人は弥勒菩薩像の前に進み、殊勝《しゆしよう》に掌《て》を合わせた。それから浮風に向き直り、畏《かしこ》まって座った。

「どうぞお楽になすって下さいな。長いお話になりそうですから」

浮風は笑顔で老人に言う。老人はどうして長い話になるとわかったのかと、つかの間、怪訝《けげん》な表情だった。

富蔵が気を利《き》かせ、茶を淹《い》れて運んで来た。

「爺さん、庵主さまが話を聞いて下さるそうでよかったなあ。ここまでやって来た甲斐《かい》があったな」

富蔵はさっきまでの邪険なそぶりを消し、老人をいたわるように言う。浮風の出方次第で富蔵も機転を利かせる。そんな頭のよさも浮風が富蔵を気に入っている理由だった。

老人はへいへいと肯《うなず》く。浮風の勧《すす》めで湯呑《ゆのみ》を手に取った老人は、ひと口茶を啜《すす》って、ほうっと長い息をついた。

「うまい茶だ」

独《ひと》り言も出る。

「どこにでもある安茶だよ」

富蔵は苦笑して鼻を鳴らした。

「あんたさんが心を込めて淹れてくれたからうまいんだな」

老人は顔に似合わない世辞を言った。富蔵は瞬間、呆気《あっけ》に取られたような表情をしたが、すぐに「ありがとよ」と笑った。

「さて、旦那さんのお名前を伺《うかが》ってよろしいかしら」

浮風は改まった顔で老人に訊いた。

「これはこれは名乗りが遅くなりやした。わしは長次《ちょうじ》と申しやす」

「お幾つですか」

「へい、五十六になりやした」

「………………」

とうに六十は過ぎていると思っていた浮風は面喰らった。自分とさほど差がない。長年、野良仕事で身体を酷使していたのが、長次を実際の年齢よりも老けて見せていたのだろうか。いや、長次が深い悩みを抱えて生きてきたせいではないかと、浮風は俄《にわか》に合点《がてん》した。

「亡くなった方をこの寺で供養したいと思った理由は何んでしょうか」

「へ、へい。庵主さま、三十年ほど前、浅間《あさま》のお山が山焼け《やまやけ》（噴火）を起こしたのを覚えていらっしゃいやすか」

「ええ、もちろん。灰が風に乗って江戸まで運ばれて来ましたもの。江戸の読売《よみうり》（瓦版《かわらばん》）でも大きく扱って人々に知らせておりました。長次さんのおかみさんと娘さんは、もしかして、それで命を落とされたのですか」

そう言うと、長次は肯いた。

「お気の毒なことでしたね」

「鎌原村は浅間押しで何もかも呑《の》み込まれてしまいやした」

「浅間押し？」

聞き慣れない言葉を浮風は鸚鵡《おうむ》返しにした。

「火のように熱い泥が流れて来たんですよ」

熱泥流《ねっでいりゅう》（火砕流）のことかと浮風は思った。昔、二番目の亭主がしてくれた話をふと思い出した。山焼けを起こした山は噴煙を上げるが、ひどい時には真っ赤に溶けた岩が泥のように流れ落ち、しばらくすると固まってしまうのだと。となると、長次の住んでいた鎌原村はその熱泥流に襲われてしまったのだろうか。浅間山から遠く離れた江戸では、山焼けがあったことは知らされたが、村が呑み込まれたという話までは伝わらなかったように思う。いや、浮風が知らなかっただけで、幕府には詳しい報告が来ていたのだろう。しかし、当時、浅間山の山焼けは江戸に住む浮風にとって対岸の火事に等しかった。

富蔵は手あぶりの小さな火鉢を持って来ると、その上に鉄瓶を置いた。茶のお代わりのためだ。それが済むと、富蔵は本堂の外に出て落ち葉の後始末を続けた。

午前中の千寿庵は雀《すずめ》の声が聞こえるだけで静かだった。長次は塩辛《しおから》声を励ますように、ぽつぽつと自分の事情を語り始めた。

二

天明《てんめい》三年（一七八三）、旧暦七月八日の昼四つ半（午前十一時頃）、浅間山が大爆発した。熱泥流が百丈（約三百三メートル）余りも山から噴き出し、ただちに鎌原村近くを流れる吾妻川を堰《せ》き止め、洪水を引き起こした。

鎌原村は浅間山麓の街道沿いにある村で、戸数九十三、人口およそ六百人で、村人は宿場を兼ねる農業、炭焼き、樵《きこり》、荷駄《にだ》を運ぶ馬追い稼業などをしながら細々と暮らしていた。

浅間山のお膝元で暮らすのだから、山焼けが起きるのは当たり前、灰が降るのも当たり前のことと、長次も村人達も了簡《りょうけん》していた。

その年の山焼けの兆候は四月頃からあったという。山は小爆発、小康状態が繰り返されていたらしい。

七月八日のその日は朝から日本晴れであった。細《こま》かい地震が続いていたので、村人は焼け石が降って火事が起きることを恐れ、大事な道具は土蔵に運んだが、まあ、おおごとになることもあるまいと、比較的、呑気《のんき》な気持ちでいた。ところが、大爆発が起きると熱泥流がすさまじい勢いで浅間山から三里（約十二キロ）も離れていた鎌原村を襲ったのだ。

長次はその時、女房のお玉《たま》と、三歳になった娘のおゆみと一緒に中食《ちゅうじき》を食べていたところだった。空が暗くなったので、ああ、山焼けが起きたのだなとは思ったが、特に意に介することもなく、古漬けの沢庵《たくあん》をお菜《さい》に湯漬《ゆづ》けを掻《か》き込んでいた。ところが、間もなく、ばきばきと建物が壊れる物音と人々の悲鳴が聞こえ、長次は何事かと慌《あわ》てて外へ出た。すると眼を開けていられないほどの熱風に顔を嬲《なぶ》られた。盛んに眼をしばたたいて見ると、浅間山の山肌を滑《すべ》り降りる熱泥流が黒い帯のように見えた。それどころか、黒い帯はどんどん幅《はば》を拡げてこちらへ向かって来ていた。

身の危険を感じた長次は「お玉、おゆみを連れて逃げるんだ！」と、家の中へ大声で叫んだ。

「どうしたのお前さん」

お玉はまだ、事の重大さがわからず、呑気に訊き返した。

「外を見ろ、外だ」

お玉は土間口の下駄を突っ掛けて外へ出て、ようやく事態を呑み込んだ。慌てて、家の中へ戻り、おゆみを背負い、銭や身の周りの物を風呂敷へ包んだ。辛《かろ》うじて難を逃れた村人が走りながら「観音堂《かんのんどう》だ、観音堂へ行けば助かる」と叫んだ。観音堂は村のやや小高い場所に建っている。お観音さんと呼んで村人達が篤《あつ》く信仰している社《やしろ》だった。

「お玉、何をぐずぐずしていやがる。観音堂へ逃げるんだ」

長次は外からまた声を掛けた。その時、馬小屋にいた馬が危険を感じて興奮した声でいなないた。馬は長次にとって大事な労働力だった。綱《つな》を離してやれば勝手に逃げるだろう。後で探して連れ戻せばよいと考え、馬小屋へ向かって繋《つな》いでいた綱をほどいた。馬は勢いよく走り去った。家に戻ろうとした時、熱泥流は思わぬほど近くまで迫っていた。

ひっしお、ひっしお、わちわち、ひっしお、ひっしお、わちわちと、不気味な音を立てながら迫って来る。長次は思わず後ずさった。

その場で、「お玉！」と、もう一度叫んだが返答はなかった。長次はその時、自分が馬小屋に行っている間にお玉が娘を背負ってひと足先に逃げたのだと思った。

長次はそれから観音堂へ向けて必死で走った。観音堂の石段を駆け上がり、社に着くと、荒い息を吐きながら長次はそこから村を眺めた。青々とした田圃はすべて黒い熱泥流に呑まれ、鎌原村は一瞬にして熱泥流に埋もれてしまったのだ。

新たな悲鳴が観音堂にいた人々から起こった。何事かと石段の下を見ると、吾《ご》助《すけ》という男の女房が吾助の母親の手を引いて石段を上るところだった。熱泥流はそのすぐ後ろまで迫っていた。吾助の母親は腰が曲がり、歩くのも覚《おぼ》つかない。

それを吾助の女房が後ろから母親の尻を押し上げていた。

だが、熱泥流は女房の上に覆《おお》い被《かぶ》さり、ついで母親の身体を呑み込んだ。それでも足りずに、石段をじりじりと上がって来た。

長次は、もはやこれまでだと覚悟を決めた。

一段ごとに村人達の悲鳴が高くなる。しかし、残り十五段となった時、熱泥流の動きは突然止まった。間一髪で観音堂に避難した村人達は助かったのだ。手を取り合って無事を喜んだのもつかの間、長次はそこにお玉とおゆみの姿がないことに気づいた。

下腹が重くなるほどの不安と恐怖が長次を襲った。お玉はなぜ、逃げなかったのか。自分が家に戻ってくるのを待っていたのだろうか。様々なことを考えても、さっぱり訳がわからなかった。

「わしは嬶ァと娘を見殺しにしたんでさァ」

長次はそう言って、拳《こぶし》で眼を拭《ぬぐ》った。

「長次さんのせいではありませんよ。天災ですから仕方のないことだったんですよ」

浮風は慰めにならないとわかっていても、そう言わずにはいられなかった。

「わしは嬶ァと娘と一緒に死ねばよかったんでさァ。今では本当にそう思っておりやす」

「ご先祖の霊が長次さんをお守りしたのですよ。長次さんも亡くなってしまったら、ご先祖のお墓を守る人もいなくなってしまったでしょうから」

浮風の言葉に長次はちょっと首を傾《かし》げたが、敢《あ》えて逆《さか》らわず「へい。生き残った者も先祖から引き継いだ土地と墓があるために、村から離れられなかったんでさァ」と低く応えた。

「そうでしょうね」

「生き残った者は男四十人、おなご五十三人の合わせて九十三人でした」

「亡くなった方はどれほどおいでだったのですか」

「へい。四百と七十七人になりやした」

「………」

あまりの死者の数の多さに浮風は言葉を失った。

「生き残った者は、必死で村を元に戻そうとがんばりやしたが、それはわしにとって死ぬより苦しい思いをすることにもなりやした」

「死ぬより苦しい？」

長次の言葉の意味がよくわからなかった。

熱泥流に埋もれた村を復旧するのに多大の苦労があったことは察せられる。しかし、それは「死ぬより苦しい思い」だったのだろうか。これにはもっと深い事情があるのだと浮風は考えた。すると、幼い子供と、陽に灼《や》けてはいるが、きれいな額《ひたい》を持った若い女の顔が浮風の脳裏《のうり》に浮かんだ。

三

浮風は中食に長次へ茶漬けを振る舞い、それから昼寝を勧めた。浮風は午後から村々を廻る托鉢の仕事があった。ほんの一刻（約二時間）ほど、千寿庵を留守にしなければならなかった。長次は遠慮して帰ると言ったが「お話が途中ですよ。それにおかみさんと娘さんのご供養もあることですし」と応えて引き留めた。

鎌原村は幕府の直轄地だったので、山焼けと浅間押しが起きてから間もなく、江戸より幕府の役人が検分に訪れた。あまりの惨状にただちに幕府は「御救《おすく》い普《ぶ》請《しん》」することを決定した。御救い普請とは幕府が村の復旧のための臨時金を出すということである。

当たり前なら作事奉行、普請奉行が担当しそうなものだが、その後に現れたのは勘定吟味役の役人達の一行だった。復旧には多額の金を要するので、その額を算定するために幕府の金の管理をする勘定方に派遣の役目が回ったのだろう。

その頃には鎌原村の近隣にある大笹《おおざさ》村や干俣《ほしまた》村、大戸《おおと》村の村人によって御救い小屋が設けられ、鎌原村の生き残りは幕府の役人が来るまで、何んとか飢《う》えずにいられたのである。

この時、勘定方の一行の長《おさ》だったのが、後に南町奉行となった根岸《ねぎし》肥前守鎮衛《ひぜんのかみしずもり》だった。当時は根岸九郎左衛門《くろうざえもん》と称していた。

根岸はさすがに優れた役人だった。とにかく、今は名主や小作の区別をせず、皆平等の精神で力を合わせて村を復旧させようと、村人達を鼓舞《こぶ》した。それには長次も異存がなく、大きく肯いたものだった。

田圃や畑を覆っていた真っ黒い岩石を取り除き、降った灰を捨てる作業が来る日も来る日も続いた。身体は疲れていても、その作業を長次は苦痛と思っていなかった。身体を動かしていれば、女房と娘を失った悲しみが忘れられたからだ。

長次達の働きにより、その年の暮までには二十九町三反《たん》五畝《せ》の耕地が甦《よみがえ》った。これは災害以前の耕地の三割ほどにしかならなかったが、それでもたった四、五カ月ほどの時間を考えれば上出来と言わなければならないだろう。

長次は自分の家のあった辺りを掘り起こし、真っ黒に焼け焦《こ》げた遺体らしきものを発見した。それは紛れもなくお玉とおゆみのものだった。骨は手に取ると、ほろほろと崩れて灰になった。おしずという亭主と子供を亡くした女がどこから蓋《ふた》つきの瓶《かめ》を持って来て、それに入れてやれと言った。灰はその瓶の半分ほどの嵩《かさ》にしかならなかった。後に長次は白い骨壺を買って、そちらへ移した。

托鉢から戻ると、長次は昼寝から覚め、厨《くりや》の外で薪割《まきわ》りをしていた。

「長次さん、そのようなことなさらなくてもよろしいですよ。富蔵さんがやりますから」

浮風は慌てて制した。

「へい。富蔵さんもそう言いやしたが、こちとら、生まれついての百姓でして、日中、何もしねェのは、もったいなくてしょうがありやせんよ。ああ、庵主さま、ざっと草取りもしておきやしたから」

長次はにこやかに笑って応える。

「まあまあ、ありがとう存じます。それではお礼と言っては何んですが、本日はわたくしと晩ごはんを食べ、よろしかったら泊まっておいでなさいまし」

「いや、そこまで迷惑は掛けられやせん。お話が済みやしたら、すぐにお暇《いとま》致しやす」

「夕方、正覚寺というお寺からお坊さんが参りますのよ。長次さんのことを話しましたら、二つ返事で供養を引き受けて下さいました」

「庵主さまに供養していただけねェんですかい」

長次は不満そうな顔をした。

「正覚寺さんのお坊さんはわたくしよりずっと徳のある方ですので、亡くなられた方も喜んで下さるはずです」

浮風は色々説明するのが面倒で、簡単に言った。托鉢の合間に、水菓子や最中《もなか》などの供物《くもつ》を買い調《ととの》え、長次に飲ませる目的で酒屋に寄って酒も買った。浮風が千寿庵に戻った時には結構な荷物となっていた。

「そうですかい……」

長次は低く応えただけで、また薪割りを続けた。

夕方、本堂の弥勒菩薩の前に白い骨壺を置き、境内に咲いていた菊とりんどうの花を飾り、供物も供えた。

正覚寺の僧侶はせかせかとした足取りで訪れ、すぐに本堂へ入った。これから通夜が控えているという。

「お忙しいところ、ご無理を言って申し訳ございません」

浮風は恐縮して頭を下げた。長次もそれに倣《なら》う。

「わたしの親戚も吾妻川の近くに住んでいたのですよ。その人達は浅間押しではなく、吾妻川の洪水で流されて死にました」

五十代の僧侶は線香に火を点けながら、そんな話をする。

「まあ、御前《ごぜん》さまは、それでは土地のことをよくご存じだったのですね」

浮風は驚いた表情になった。

「はい。吾妻川は利根川《とねがわ》の支流で、その昔、日本武尊《やまとたけるのみこと》が愛する妻の弟橘媛《おとたちばなひめ》を想い、『ああ、あづまはやと、妻恋し』と叫んだことから吾妻となったと聞いております。そのせいか、土地の人々の夫婦仲も格別よいとか……しかし、不幸なことがあると罪な名前に思えて仕方がありませんよ。艶《つや》っぽい名前の川でも洪水が起きれば人の命を奪うのですから」

僧侶はそう言うと、姿勢を正して読経を始めた。長次は深く頭《こうべ》を垂《た》れて掌を合わせていた。

正覚寺の僧侶は茶も飲まずに、またせかせかとした足取りで帰って行った。富蔵の女房のおなかが晩めしのお菜を運んで来ると、厨で汁も拵《こしら》えてくれた。長次がいるので気を遣《つか》ってくれたのだろう。

浮風は長次を厨の座敷に促した。座敷は板の間で、中央に囲炉裏《いろり》が切ってある。浮風がいつも食事を摂《と》る場所であった。莫蓙《ござ》で編《あ》んだ円座に長次を座らせると、浮風は燗酒《かんざけ》を勧めた。長次は盛んに遠慮したが、浮風が自分も相伴《しょうばん》すると言うと驚いた顔をした。その隙に浮風は長次の手へ無理やり猪口《ちょこ》を持たせた。

「もうそろそろお気づきでしょう？　わたくしはこのような形《なり》をしておりますけれど、本当の尼僧ではないのですよ。二番目の夫が亡くなると、菩提を弔うつもりで小梅村にやって来たのですよ。最初は貧乏侍の妻、その次は刀剣商のおかみさん」

浮風は悪戯《いたずら》っぽい顔で言った。

「庵主さまも再婚した口ですかい」

長次は猪口の酒を苦《にが》い表情で飲むとそう言ったが、ふと飲んだ酒の味に驚き

「さすが江戸ですね。酒の味がいい」と感歎の声で続けた。

「七ツ梅《ななうめ》という名の下りものですよ。わたくし、このお酒が一番好きなんですよ」

「大したつわものだ」

長次は感心したような、呆れたような口調で言う。だが、すぐに改まった顔で
「ねんごろに嬶ァと娘の供養をしていただき、ありがとうごぜェやした。お蔭で長年の胸のつかえが治まりやした」と、頭を下げた。

「お役に立てて、わたくしも嬉しゅうございます。ところで、骨壺はどうなさいます？」

「こちらで引き取って下さいやすか？」

「このような寺でよろしければ喜んで」

正覚寺の僧侶に永代《えいたい》供養をして貰ったので、後は浮風が夫や他の仏と一緒に日々、読経して弔うだけでよいと思う。

「そいじゃ、これを」

長次は懐からくすんだ茶色の巾着《きんちゃく》を取り出し、浮風の前に差し出した。中は持ち重りのする金だろう。

「お布施《ふせ》はさきほどいただいておりますから、それ以上は」

「いえ、わしの気持ちですから受け取って下せェ。と言っても墓を建てる器量はありやせんから、そうだ、あのきれえなもみじの根方にでも骨壺を埋めてやっておくんなせェ」

「承知致しました」

そう応えると、長次はほっとしたように薄く笑った。

「わしはあんなひどい目に遭《あ》ったのに、浅間のお山を一度も恨《うら》んだことはありやせん」

ほろりと酔いが回ったのだろうか。長次の口調も滑《なめ》らかになった。

「それは感心なお心映《こころば》え」

「なにせ生きてる山だ。死んだ山じゃねェ。時にゃ山焼けも起こすし、浅間押しも起こすだろうさ。それをいやだのどうのと言ったところで始まらねェ。いやなら浅間のお山の見えねェ所で暮らすしかねェですよ」

「そうですね」

浮風は静かに相槌《あいづち》を打った。

「餓鬼《がき》の頃から見て来たんだ。わしは浅間のお山が心底好きだ。好きだからよう、歯ァ喰い縛《しば》って鎌原村にしがみついていたのかも知れねェなあ」

遠い眼をしながら話す長次に浮風は黙って酌《しゃく》をした。釣瓶《つるべ》落としの日は暮れ、千寿庵の境内はとっぷりと闇に包まれている。囲炉裏の薪の火が長次の顔を赤々と照らしていた。

鎌原村の復旧に尽力した根岸九郎左衛門は耕地が回復し、道路の整備が整うと、新しい家作りを提唱した。家作りはつまり、新しい家族作りでもあった。生き残った村人はそれぞれに愛《いと》しい家族を亡くしている。これから生きて行くためには、ともに喜び、ともに悲しみを分かち合う家族が必要だった。徒《いたずら》に死んだ者のことを考えていても仕方がない。根岸はそう考え、大胆にも亭主を亡くした女房には、女房を亡くした亭主を引き合わせ、子を失った親には親を亡くした子を養育させた。

「長次さんも根岸さまのお考えにより再婚されたのですか？」

「へい……」

やや強引なやり方だとは思ったが、村を存続させて行くためには仕方がなかったのだろう。

長次が再婚した相手は女房と娘の骨を入れる瓶を持って来てくれた、おしずという長次より三つ年上の女だった。おしずは八歳と五歳の息子を亭主と一緒に亡くしていた。

　おしずは家つき娘で先の亭主は養子だった。

　それで長次と所帯を持つ時も養子になってほしいと頼んだ。長次は村がこんな状態になり、しかも破れ鍋《わ》に綴《と》じ蓋の寸法で夫婦になろうとする者に養子もへったくれもないだろうと思ったが、おしずはどうしてもと言って聞かなかった。もともと長次は三男で、お玉と所帯を持つ時、実家から分家していた。先祖の墓は長男の繁次《しげじ》が守っている。両親はとっくに亡くなっているので、長次がおしずの家に養子に入っても、さして問題はなかった。

　幸い繁次は家族を失うこともなかったので、養子のことを相談すると、おしずの好きなようにしてやれと応えた。

　だが、いざ、おしずと一緒になると、長次はお玉とおゆみの骨をおしずの家の墓に入れる気持ちになれなかった。かと言って、養子に入った手前、本家の兄に二人の骨を頼むのも気が引けた。気持ちの定まらない長次は、そのまま二人の骨の入った骨壺を押し入れの行李《こうり》にしまったままにしていたのだ。

　所帯を持って一年後に息子が生まれた。おしずは生まれた幸蔵《こうぞう》の顔を見て、亡くした上の息子と瓜二つだと感歎の声を上げた。長次も、その長男の生まれ変わりだと思って大事に育てようとおしずに言った。

しかし、おしずは亡くした息子を忘れられなかった。幸蔵がおしずの長男に似ていれば似ているほど、幸蔵に対して複雑な思いを抱くようになったらしい。やがて、おしずは幸蔵に辛《つら》く当たるようになった。幸蔵が寝小便をすれば、すさまじい勢いで怒鳴り、激しく折檻《せっかん》した。長次が見かねて幸蔵を庇《かば》うと「あたしの子は、寝小便なんて一度もしたことがなかった。この癖《くせ》はお前さんの家の筋《すじ》だ」と罵《ののし》る。たまりかねておしずの横面《よこつら》を張り飛ばすと、今度は長次の見ていない時に幸蔵に当たり散らすようになった。

自然、幸蔵はおしずを恐れ、長次ばかりになついた。夜も長次の蒲団《ふとん》に入って来て、長次の身体にしがみつくようにして眠った。幸蔵の痩《や》せて小さな身体を抱え、長次は夜の闇の中で切ないため息をつきながら涙をこぼした。

これが本当に新しい家族だろうか。やもめを通した方がよほど気が楽だったのではないかと何度も思った。だが、幸蔵のために長次は自分の気持ちを堪《こら》え、表向きは平静を装っておしずと暮らさなければならなかった。

幸蔵はおしずに遠慮して二十五歳を過ぎても女房を迎えようとしなかった。幸蔵はおしずが自分だけでなく、嫁にも辛く当たるような気がして、身を固める気になれなかったのだ。長次は幸蔵の気持ちがよくわかっていた。

だが、おしずはこの家を潰《つぶ》す気かと幸蔵に凄《すご》んだ。幸蔵は、これだけは譲れないとばかり、おしずの持ってくる縁談に耳を貸そうとしなかった。

おしずが倒れたのは今から五年前のことだった。畑に青物を採《と》りに行き、そこで意識を失ったのだ。通り掛かった人が気づいた時、おしずはすでに息をしていなかった。

「薄情者だと言われるかも知れやせんが、わしも倅も、おしずが死んだというのに涙ひとつこぼさなかったんですよ。弔いに来た人はわしらのことを気丈な親子だと褒めそやしたが、とんでもねェ、おしずに死なれて、わしも倅も心底ほっとしたんでさァ。罰《ばち》当たりですね」

長次は自嘲的に言う。

「いいえ。お二人のお気持ちはよくわかりますよ。でも、おなごの立場でわたくしはおしずさんの気持ちもわかるような気がするのです。誰が悪い訳でもなかったのですよ」

「庵主さま。おしずはいってェ、どんな気持ちでわしと暮らしていたんでしょうか」

長次は解《げ》せない表情で浮風に訊いた。

「おしずさんは、本当は生まれた息子さんを亡くなった方達の分まで可愛がろうと思っていたはずですよ。でも、新しく生まれた息子さんが亡くなったおしずさんの息子さんに似ていれば似ているほど、切ない気持ちになって行ったのではないでしょうか。幸蔵さんを可愛がれば、亡くなった息子さん達にすまないと思っていたのかも知れませんね」

「それじゃ、わしらは何んのために夫婦になったんですかね。昔のことは忘れて新しくやり直すためじゃなかったんですかい」

長次の顔が苦しそうに歪《ゆが》んだ。

「強《し》いて申し上げれば、それは村のためであり、ご先祖さまのためでしょうね。根岸さまは大胆な改革で村の立て直しを図りましたけど、人の気持ちを置き去りにしてしまいましたね。山焼けが起きる以前には、それぞれの家があり、それぞれの家族がおりました。楽しいことも悲しいことも分かち合って暮らしていたはずです。それを忘れろというのは酷なことです。でも、忘れなければ新しい暮らしは望めない……でも、村の皆さんはどなたも亡くなった方達のことは忘れられなかったと思うのです。いっそ、忘れなくていいのだと根岸さまにおっしゃっていただければ、長次さんもおしずさんも傷つかずに暮らせたものをと、わたくしは思うのですよ」

「さいですね。わしだってお玉とおゆみのことは忘れられなかった。おしずばかりを責められねェ」

長次は自分に言い聞かせるように呟《つぶや》いた。

天災はただ人の命を奪うだけでなく、残された者にも苦しみを与える。長次が死ぬより苦しい思いをしたと言ったのは、つまりそういう訳だったのだ。

幸蔵はおしずが亡くなって一年後に女房を迎えた。嫁は長次に優しくしてくれ、二人の孫にも恵まれて長次は倖《しあわ》せだった。幸蔵は押し入れの行李にしまっていた骨壺に気づいていた。ある日、幸蔵は、もはや遠慮することはない、お玉とおゆみの供養を存分にしてやれと長次に言った。長次はそれから二人の落ち着き先を探したが、やはり、おしずの家の墓に入れる気にはなれなかった。

村の仲間に聞いた千寿庵に長次の心が動いた。そこがいい。本所小梅村の花の寺、千寿庵が。長次がようやく決心を固めたのも弥勒菩薩のお導きかと浮風はしみじみ思う。

「そろそろお酒をお仕舞いにして、ごはんになさいます？　富蔵さんのおかみさんがきのこ汁を作って下さいましたよ」

「やあ、きのこ汁はわしの好物でさァ」

長次は相好《そうごう》を崩した。

「まあ、それはよろしゅうございました」

浮風は竈《かまど》の上から鉄鍋を取り上げ、それを囲炉裏の自在鉤《じざいかぎ》に掛けた。冷やめししか残っていなかったので、汁かけめしにして食べて貰おうと思ってお櫃《ひつ》を引き寄せると、長次はころんと横になり、鼾《いびき》をかき出していた。酒の酔いと昼間の疲れが出たのだろう。

「長次さん」と声を掛けたが返事はなかった。

浮風はそのまま寝かせるかと、奥の間へ枕とどてらを取りに行った。

四

どてらと枕を持って戻って来た浮風は、長次が眠っている囲炉裏の傍に白い小さな光の玉がちらちら揺れているのに気づいた。光の玉はみっつ。はかなげな風《ふ》情《ぜい》で長次の周りに漂っていた。

「やはり、いらっしゃったのですか」

浮風が独り言のように呟くと、光の玉はやがて朧《おぼ》ろな人の形に変わっていく。

二人の女と小さな女の子だった。二人の女の内、一人は二十代で、小さな女の子は、その娘らしい。

もう一人はごま塩頭の五十がらみの女だった。

三人は浮風へ慇懃《いんぎん》に頭を下げた。浮風は別に顔色も変えず、長次の頭に枕を差し入れ、どてらを掛けてやった。どてらの裾《すそ》がまくれているのを若い方の女がそっと直す。それを年配の女が小意地悪い眼で見ていた。

「お三人さんはわざわざ長次さんと一緒にいらしたのですか」

浮風がそう言うと、若い女は「庵主さま。あたしはいつも、うちの人と一緒におりました。娘もそうです」と応えた。若い女はお玉で、小さな女の子はおゆみ。そして年配の女はおしずだと浮風は当たりをつけた。

「おしずさんはいかがですか？　あなたは先《せん》のご亭主のお傍に行かなかったのですか」

浮風は年配の女に訊いた。

「さあ、先の亭主も、その辺りにいるのではないでしょうか」

おしずは他人事《ひとごと》のように言う。

「親子は一世、夫婦は二世と申しまして、ご亭主とのご縁は来世まで続くと聞いておりましたが、それは違ったのでしょうか」

浮風は恐る恐るという感じで言う。おしずは怖い表情をしていた。

「庵主さま。その諺《ことわざ》の後に主従は三世、と続くというのをお忘れですよ」

おしずは勝ち誇ったように言う。

「え、ええ。存じております。でも、どなたと主従の関係なのでしょうか」

「先の亭主です。先の亭主はあたしの家の下僕《げぼく》をしておりました。ほほ、あたしが生まれ変わっても、先の亭主はあたしの下僕になるでしょうよ」

「おしずさんの家は、名主さんを務めたこともある大きなお家でした」

お玉が遠慮がちに口を挟《はさ》んだ。

「お玉さん。長次さんはあなたとおゆみさんの落ち着き場所をここに決めたのですが、あなたは気に入って下さいますか」

浮風はお玉の顔色を窺《うかが》いながら訊く。

「ええ、もちろん。血染めのもみじの根方に埋めていただけるのですね。何んだか因縁《いんねん》を感じますよ」

「血染めのもみじ?」

名主が株分けしてくれたもみじにそんな名がついていたとは知らなかった。

「ご存じなかったのですか? 血で染めたように赤いもみじだからですよ。小梅村の名主さんのご先祖が京見物をした時、あるお寺のもみじが見事だったので、そっと持ち帰ったものです。名主さんのご先祖はお情け深い方だったので、この小梅村でもよく咲いてくれたのですよ」

お玉は訳知り顔で言う。

「血染めのもみじというからには、何か因縁もあるのでしょうね」

「ええ。おかみさんを亡くしたご亭主が、悲しみのあまり食も進まず、とうとう血を吐いてご自分も亡くなってしまったそうです。そのご亭主の血を浴びたもみじが翌年から、血のように赤く紅葉するようになったとか。どうせなら血染めのもみじではなく、妻恋《つまごい》のもみじとした方が風情があっていいのにと思います」

「そうですね。お玉さんの言う通りですよ。千寿庵のもみじは、これから妻恋のもみじと呼びましょう。わたくしはもみじが皆さんをお呼びしたような気が致します」

浮風はしみじみと言った。

「あたし、うちの人と所帯を持ってから、何んでもうちの人の言う通りにしていたんです。頼り過ぎていたんですね。浅間押しが起きた時も、本当は一刻も早く逃げなければならないのに、うちの人が来るのを待っていました。馬小屋の馬を放したら、手を取り合って逃げようと思ったんです。でも、浅間押しは家のすぐ傍に迫っていて、柱がぎしぎし鳴って怖かった。あたし、足がすくんで、どうしても外に飛び出すことができなかったんです。うちの人の声が遠くから聞こえるようでした。すぐに真っ暗闇になって、それからのことは覚えていないんです。痛くも痒《かゆ》くもなかった」

お玉とおゆみは即死だったらしい。苦しまなくて済んだのは不幸中の幸いと言うべきだろうか。

「ばかよ、あんたは。もともと、頭のねじがゆるんでいるようなぼんやりだったから、逃げそびれて死んだのよ」

おしずは小意地の悪い表情で言う。

「おしずさん。おしずさんだって、幸蔵さんを産んだ後、心《しん》ノ臓《ぞう》の調子が悪かったじゃないですか。どうしてお医者さまに診《み》て貰わなかったのですか？　ちゃんとお薬を飲んでいれば、畑で倒れることもなかったのに」

お玉は詰《なじ》るようにおしずへ言う。

「あたしが医者に掛かったら薬料が要《い》る。余分なものはうちにはなかったんですよ。それにあたしは早く死んだ息子達の傍に行きたいと、そればかりを願っていましたから、死ぬことなんて、ちっとも怖くなかった。その通り、死んで楽になりましたよ。悩みも苦しみもさあっと消えてしまいましたからねえ」

おしずは清々《せいせい》した表情で言う。

「じゃあ、どうしてここまでうちの人について来たんですか」

お玉は解せない表情でおしずに訊く。おしずは言葉に窮して「それは……」と言ったきり、口ごもった。

「うちの人を是非にもと頼んで養子にし、お家を守ったはずじゃないですか。なぜ、お墓で先のご亭主と息子さん達と一緒におとなしくしていないのですか」

お玉は怖い顔をしておしずに詰め寄った。おゆみが「かあちゃん、やめて」とお玉を制した。

「おしずさんは長次さんがお玉さんとおゆみちゃんの骨をどこへ運ぶのか気になって仕方がなかったのでしょうよ。そうですね」

浮風はそっと訊いた。おしずは黙ったまま応えなかった。

「あたし、おしずさんを恨んでいませんよ。おしずさんは幸蔵さんを産んでくれた。うちの人は幸蔵さんがいたから生きられたのですもの。幸蔵さんはおゆみの弟だし、おしずさんの亡くなった息子さん達にとっても血を分けた大事なきょうだいですよ」

お玉がそう言うと、おしずはたまらず腰を折って咽《むせ》んだ。

「あたしは幸蔵を苛《いじ》めて苛めて、苛め抜いた。ひどい母親でした。地獄に落ちても文句は言えない」

「おしずさんは地獄になんて落ちませんよ。おしずさんの気持ちは弥勒菩薩さまがちゃんと知っておりますから。それに幸蔵さんも父親になって、おしずさんがどうして辛く当たっていたのか、今ではよくわかっております。恨んでなんておりませんよ。だって、ご自分の母親ですもの。おしずさんは幸蔵さんを捨てた訳じゃない。ちゃんとごはんを食べさせ、大きくしたじゃないですか」

おしずは浮風の言葉に、さらに声を高くして泣いた。これで、互いの心を縛っていたものから皆、解き放たれたと浮風は思った。これからは、生きている者も死んだ者も、ともに穏《おだ》やかに過ごせることだろう。浮風は数珠を揉《も》み上げ、低くお経を唱《とな》えた。

三人の身体は朧ろに霞《かす》み、また小さな光の玉に戻ったが、やがてそれも厨の土間にゆっくりと転がって行き、そして見えなくなった。

浮風は三人の気配が消えると、深い吐息をついた。

このような事態を予想していたとはいえ、やはり緊張と疲れを覚える。だが、眠気はあまり差してこない。外は白々と明けていた。

さて、少し早いが弥勒菩薩に供えるごはんを炊こうと、土間に下り、竈に火を入れた。

それから厨の戸口から外へ出て、本堂の西側へ向かった。血染めのもみじは夜露に濡れ、薄陽《うすび》を受けてちらちら光っていた。まるで三人の魂の形でもあるかのように。

これからはこのもみじを「妻恋のもみじ」としようと、浮風は改めて思った。

五

目覚めた長次に浮風は朝めしを振る舞い、その後で富蔵に手伝わせて妻恋のもみじの根方に骨壺を埋めた。長次は骨太な手で丁寧に土を被せ、地面を均《なら》しながら「よかったな。これでようやく静かに眠れるな」と、お玉とおゆみに語り掛ける。それから掌を合わせ、長いこと二人の冥福《めいふく》を祈った。

顔を上げた長次は晴々とした表情で浮風に向き直った。

「庵主さま、本当にお世話になりやした。これでわしが思い残すことはひとつもありやせん。ありがとうございやした」

「ようございましたね」

浮風もほほえみを浮かべて応える。

「ゆんべ、お玉とおゆみ、それにおしずの夢を見たんですよ」

「まあ、そうだったんですか」

あっさりと言った浮風を富蔵は上目遣《うわめづか》いで見る。千寿庵に出入りする内、富蔵は浮風に特別な力があることを察するようになった。

しかし、富蔵はそれを霊感とは言わず「例の癖」と言っている。富蔵がそう言う度《たび》に浮風は苦笑が込み上げる。富蔵は幽霊や狐狸《こり》の類《たぐい》を信じない男なので、「例の癖」で済ませてしまうのも仕方がない。

「夢だったんだか、うつつだったんだか、ちょっとわからねェんですよ。わしは庵主さんに酒をご馳走になり、いい心持ちで横になった。庵主さまは風邪を引かねェようにどてらを掛けてくれやしたね。わしは眠くて眠くて仕方がなかったのに、頭ん中の芯《しん》が妙に覚めておりやした。その内に、わしの傍にお玉とおゆみ、それにおしずまでいるような気になったんですよ」

「お三人さんのことをずっと考えていたせいでしょう」

「ちゃんとね、喋《しゃべ》る声まで聞こえておりやしたよ。だがわしは、どうしても眼を開けて三人の姿を見ることはできなかった。だって、そうでげしょう？　三人はもうこの世にはいねェ亡者《もうじゃ》だ。姿が見えたら、わしはどうにかなってしまいそうで、正直、恐ろしかったんでさァ」

「気のせいだよ、爺さん」

富蔵は笑っていなす。

「へい、気のせいだとは思いやすが、ゆんべの三人の声は今でもはっきり覚えておりやす」

「どんなことをお三人は話しておりました？」

浮風は試しに訊いた。

「へい。お玉は浅間押しが起きた時、わしが馬小屋から戻って来るのを待っていて逃げ遅れたんだそうです。だが、浅間押しにやられた時は痛くも痒くもなかったと言っておりやした。最期は苦しまなかったと聞いて、わしは心底ほっとしやした。おしずはおしずで、心ノ臓の調子が悪かったのに掛かりを気にして医者に診せなかったそうです。幸蔵を苛めたから罰が当たったと悔いておりやした。その時、庵主さまが、あんたは悪くないと慰めて、おしずはようやく胸のつかえがなくなったようです。独りよがりかも知れやせんが、今は三人とも成仏《じょうぶつ》しているように思えるんですよ」

「いえ、それは長次さんのおっしゃる通りだと思いますよ」

浮風は大きく肯いた。長次は妻恋のもみじをしみじみとした眼で見上げた。

「おしずが生きている内は、そりゃあお玉とおゆみが恋しくて仕方がなかったんでさァ。ところが考えてみりゃ、お玉やおゆみと暮らした年月よりも、おしずと暮らした年月の方がはるかに長い。こうしてお玉とおゆみの供養を終えると、早く村に戻っておしずの墓に声を掛けてやりてェ気分になっているんですよ。それが不思議でたまりやせん」

長次は腑《ふ》に落ちない様子で首を傾げた。

「それを聞いたら、きっとおしずさんは喜びますよ」

「本当ですか、庵主さま」

「ええ、もちろん。おしずさんだって、先のご亭主より長次さんと暮らした年月は長いのですもの。無理やり一緒にさせられたと言ったところで、ご夫婦になればそれなりに情は生まれます」

「そうですよね。お玉とおゆみの顔は、もうはっきり覚えていねェのに、おしずの仏頂面《ぶっちょうづら》はちゃんと覚えておりやす。ついでに目尻の皺《しわ》もね」

長次が冗談を言ったので、浮風は声を上げて笑った。

「さて、そろそろお暇致しやす。宿の者が心配しているでしょうから」

長次は途端に現実に戻って言う。

「お宿はどちらですか」

「へい、馬喰町《ばくろちょう》の木賃宿《きちんやど》でさァ」

「それじゃ、富蔵さん。浅草《あさくさ》まで送って差し上げて。浅草の浅草寺《せんそうじ》の前からまっすぐ南へ向かえば馬喰町に出られますから」

「いいえ、一人で帰れます」

長次は慌てて右手を振った。

「いいのですよ。せっかくご供養を終えたのに、その後で迷子になっては大変ですからね」

「爺さん、言う通りにしな。なあに、うちにも爺さんと同じような親父がいるのよ。知らねェ町に行く時にゃ、大丈夫だ、大丈夫だと言いながら、結局は迷って人に訊く始末だ。まして爺さんは他国からやって来たんだから、ここはおれに任せろって」

富蔵は太っ腹に応える。

「そいじゃ、今日の仕事は誰がやる。稲刈りは終わったようだから、稲藁《いねわら》の始末をつけなきゃならねェだろ？　筵《むしろ》をこさえるとか縄を綯《な》うとか、冬場の内職の元だ」

長次は同じ百姓として富蔵を心配する。

「親父がやってるさ。不足が出たら、明日、ちゃんとおれがやるって」

「本当だな」

長次は厳しい眼で確かめる。

「何んだよ、親父みてェな口を利いてよう」

富蔵は苦笑して鼻を鳴らした。

長次は何度も礼を言って、ようやく千寿庵を去って行った。

長次の姿が見えなくなると、山門まで見送りに出ていた浮風はゆっくりと踵《きびす》を返し、本堂へ向かった。本堂の左手にあるもみじが、さわさわと葉擦《はず》れの音を立てた。風もないのに。

「まだ落ち着かないご様子ですね。でも、すぐに慣れますよ。もう、長次さんを頼るのはやめましょうね。あの人もお年です。これからは安気《あんき》に暮らしていただきましょうよ。ね？」

浮風は独り言のように呟く。妻恋のもみじはひと際、葉擦れの音を高くした。どうやら、亡き人は納得してくれたらしい。

人の運命は様々だと浮風は思う。生まれてから何事もなく過ごす者など一人もいない。

多かれ少なかれ、人は辛い思いや悲しい思いを味わう。いや、倖せな時間より、苦労したり悲しんだりする時間の方がずっと長いのではないだろうか。その中で愛しい家族との不意の別れは何にもまして辛いことだろう。

長次は何度も死んだ方がましだと思ったはずだ。しかし、長次は幸蔵のために生き抜いたのだ。当たり前のこととは言え、長次は父親として立派だったと思う。残り少ない人生を、せめて倖せに暮らしてほしいと浮風は祈らずにはいられない。

浅間山は今後も山焼けを起こすだろう。それによって命を落とす者も出るかも知れない。

長次は自分の運命を狂わせた浅間山を恨んでいないと言った。それが浮風の僅《わず》かな救いとなった。

長次の住む村は上州吾妻郡鎌原村という名である。妻恋という言葉は使われていないのに、浮風の心では鎌原村が妻恋村に取って換わる。いつの日か、その名が公《おおやけ》のものになりそうな予感もしていた。それはいつだろう。

百年の後か、二百年の後か。それとももっと遠い未来だろうか。浮風はそんなことを考えながら本堂のきざはし（階段）を上った。

千寿庵はそろそろ昼刻を迎える。湯漬けを搔《か》き込み、昼からは托鉢に出なければならない。冬の間に焚《た》く炭の用意もある。仏に仕《つか》える毎日とはいえ、暮らしの掛かりは要る。

いつまで経っても自分は世俗にまみれた尼僧であるなと、浮風は苦笑交じりに自分のことを思うのだった。

参考書目

『大江戸役人役職読本』（新人物往来社）より「御救い普請」の項、清水昇氏のご研究を参考に致しました。

律儀な男

一

一月も晦日《みそか》近くになると当然のことながら正月気分はさっぱりと抜け、江戸は普段の表情を取り戻す。

大伝《おおてん》馬《ま》町《ちょう》二丁目の醤油《しょうゆ》・酢問屋《といや》「富田屋《とみたや》」の主《あるじ》である市兵衛《いちべえ》も、年が明けて最初の月の掛け取り（集金）がうまく行くかどうかが気掛かりだった。富田屋が抱える小売りの店の中には前年の大晦日の支払いが滞《とどこお》ったところもある。何《な》んとか工面《くめん》して貰《もら》わなければ、ずるずるとツケが溜まり、にっちもさっちも行かない状況となる。

それは富田屋にとっても小売りの店にとっても芳《かんば》しいことではない。市兵衛は手代《てだい》、番頭に口酸《くちす》っぱく掛け取りのことを言い含めていた。

大伝馬町は、かつて伝馬《てんま》役を負担していたことから町名となった町である。界《かい》隈《わい》を貫《つらぬ》く本町《ほんちょう》通りは日光《にっこう》街道に通じている。そのせいもあって通りの両側には商家が軒《のき》を連ねている。特に大伝馬町二丁目は多種多様な問屋が集まっている問屋街となっていた。富田屋は創業八十年の老舗《しにせ》で、奉公人は台所の女中や下男を入れると二十人もいる。店の裏手には店蔵《みせぐら》が二棟建っており、日中は店蔵の扉が開け放たれ、人足《にんそく》が醬油樽《だる》や、酢の樽を運び入れたり、また小売業者に売り渡すために運び出したりと、慌《あわただ》しい。食事の仕度《したく》も半端《はんぱ》ではなく、家内用の漬物や味噌を保管する小屋も設《しつら》えてあった。

市兵衛は富田屋の四代目の主だが、直系の主ではなく、元々は富田屋に奉公に上がり、先代の主に見込まれて娘の婿《むこ》に迎えられた男だった。

市兵衛は年が明けて四十八歳になった。先代の期待を裏切ることなく、商売に励み、店は先代が生きていた頃よりひと回りも大きくなったと言われている。市兵衛の努力の賜物《たまもの》であった。

醬油と酢の匂いは富田屋の全体を包んでいる。それは富田屋の繁昌《はんじょう》の匂いでもあると市兵衛は思っているが、死んだ女房のおまきと姑《しゅうとめ》のおやすは着物に匂《こう》いが滲《し》みつくといやがった。特に二人で芝居小屋へ出かける時は三日も前から香を焚《た》きしめていた。おまきは一人娘だったので、我儘《わがまま》な性格は承知していたが、祝言《しゅうげん》を挙げた後は了簡《りょうけん》を入れ換え、自分に尽くしてくれるものと市兵衛は思っていた。よその店の家つき娘が、亭主が婿だからと陰口を叩《たた》かれないように気を遣《つか》っている様子をそれとなく見ていたからだ。

だが、おまきは祝言を挙げても相変わらず市兵衛を手代扱いしかしなかった。それを母親のおやすも諫《いさ》めなかった。おまきと祝言を挙げ、一介の手代から跡継ぎに直してやったのだから文句はないだろうと言わんばかりに芝居見物やら、お寺のご開帳やら、呉服屋で新しい着物や帯を誂《あつら》えるとやら、母娘《おやこ》で一緒に出かけ、まともに家にいたためしもなかった。

結局、おまきの亭主は自分でなくてもよかったのだと市兵衛は悟った。舅《しゅうと》の嘉兵衛《かへえ》は仕事ひと筋《すじ》の男だったから、商売がうまく行っている内は女房と娘が何をしようが頓着《とんちゃく》しなかった。

嘉兵衛にとって富田屋で扱う醬油の味と酢の味こそが大事だった。その嘉兵衛に商売のいろはから叩き込まれたのは幸いだった。お蔭《かげ》で市兵衛が四十八歳になった今も富田屋は滞りのない商売を続けていられるのだ。

おまきが死んでから、嘉兵衛は市兵衛に後添《のちぞ》えを迎えろと勧《すす》めた。おまきとの間には子がなかった。いや、市兵衛は、おまきと表向きは夫婦だったが、閨《ねや》を共にしたことはなかった。それはおまきにひそかに思いを寄せる男がいたからである。我儘勝手なおまきでも惚《ほ》れた男に義理立てするところがあったのかと市兵衛は呆れたが、夫婦のことは他人に明かしたことがなかった。

後添えは富田屋の女中をしていたおふきという娘で、おふきは嫁と姑に邪険《じゃけん》にされていた市兵衛に同情していた。おふきと一緒になってから市兵衛はようやく人間らしい暮らしができるようになったのだ。

とはいえ、おふきとの間に生まれた長男の兼太郎《かねたろう》はまだ十六歳で、富田屋を任せるには心許《こころもと》ない。ここ当分は市兵衛が今まで通り店を束《たば》ねなければならなかった。

舅の嘉兵衛が亡くなってから、市兵衛はようやく自由に過ごせる時間を持つようになった。店を閉めた後、普段着の恰好《かっこう》でふらりと出かけ、杉《すぎ》の森新道《もりしんみち》にある縄暖簾《なわのれん》の見世《みせ》でゆっくり酒を飲むのが、市兵衛のささやかな楽しみだった。

一膳めし屋「ひさご」は三十過ぎの独《ひと》り者の主がやっている見世だが、夜は酒も出す。

日中は小女《こおんな》を一人雇っているが、夜は主一人で見世を切り守《も》りしていた。

夜に訪れるのは近所の常連ばかりで、市兵衛もその見世に通う内にすっかり顔を覚えてしまった。商売に関係のない連中と世間話をするのも気分転換になった。

ひさごには存外、大店《おおだな》の主なども通って来る。本船町《ほんふねちょう》の魚問屋の和田屋半次郎《わだやはんじろう》もそうなら、大伝馬町一丁目の薬種《やくしゅ》問屋の難波屋勘兵衛《なにわやかんべえ》もそうだった。ひさごで顔を合わせると、二人は如才《じょさい》なく一緒に飲もうと市兵衛に言った。もちろん、二人は市兵衛が富田屋の主であることを承知している。気さくに接しながら、礼を尽くしたもの言いが市兵衛には嬉《うれ》しかった。そんな大店の主に交ざり、植木職人や大工職人の男達が冗談口を叩いて市兵衛を笑わせてくれる。これほど自分を愉快にしてくれる見世は他にないと、市兵衛は思っていた。

晦日の掛け取りも何んとかうまく行くと、市兵衛はひさごに出かけたくなった。おふきは市兵衛が出かけると言うと「ひさごさんですね」と訳知り顔で応えた。

「悪いね、一人で出かけてばかりで」

市兵衛は悪びれた表情で言う。

「ううん、そんなこと。お前さんは何十年もお店《たな》に尽くして、ろくに遊んだこともなかったのですもの、ひさごさんで飲むぐらい何んとも思っちゃおりませんよ」

　おふきは、とびきりの笑顔を見せる。

「ありがとよ。お前が傍《そば》にいてくれてわたしは本当に安心なんだ。お前もわたしに遠慮せずに少しは好きなことをしてもいいのだよ」

「ええ。お彼岸《ひがん》に実家のお墓参りに行かせていただきます。よろしいかしら」

「そんなこと、いいに決まっているじゃないか。墓参りは誰でもするよ。花見や芝居見物に行ってもいいのだよ。わたしは店があるから無理だが、実家のおっ母《か》さんか姉さんでも誘ってお行きよ」

「お花見はお前さんと一緒じゃなきゃいやですよ。それに芝居見物は時間が長くて……」

「相変わらず欲のない女だ」

「お前さんこそ」

　二人は顔を見合わせ、ふっと笑った。胸の内ではお互い、我儘勝手をしていればおまきの二の舞となるのだと肝《きも》に銘《めい》じていたが、二人は、それを口にしたことはなかった。

　おまきと姑のおやすは芝居見物に出かけ、幕間《まくあい》に芝居茶屋へ戻り、そこで寛《くつろ》いでいたところを不逞《ふてい》の輩《やから》に襲われたのである。二人は刃物で刺されて死んだのだ。しかし、近所の人間は二人に対し、同情的ではなかった。婿の市兵衛をないがしろにして遊び回っていたから罰《ばち》が当たったのだと噂《うわさ》した。その噂は市兵衛を傷つけなかった。むしろ、ほっと安心するような気持ちになったものだ。

だが市兵衛は二人のことを思い出す度《たび》、胸の奥がちくりと疼《うず》く。二人が死んだのは自分のせいだ。今でもそう思えてならなかった。

二

ひさごの縄暖簾を掻《か》き分けた時、見世の中に客は誰もいなかった。夜見世の口開けの客は市兵衛になったらしい。ひさごは昼めしの時刻が過ぎると七つ（午後四時頃）過ぎまで中抜けして休みを取る。主の勇次郎《ゆうじろう》はその間に昼寝をしたり、湯屋へ行ったり、あるいは気が向けば新場《しんば》の夕河岸《ゆうがし》に出かけ安い魚を仕入れたりする。

「今夜は客の出足が鈍《にぶ》いね」

市兵衛はそう言いながら飯台《はんだい》の前の醤油樽に腰を掛ける。醤油樽には絣《かすり》の小座蒲団が敷いてある。醬油樽は市兵衛が勇次郎のために自分の店から運んでやったものだし、小座蒲団はおふきが手作りして勇次郎に進呈したものだ。市兵衛が世話になっているお礼だった。勇次郎はその時、大袈裟《おおげさ》なほど恐縮していた。そのせいでもないが、勇次郎は市兵衛に対し、普通の客以上に親しさを示す。それも市兵衛には嬉しかった。

「ちょいと風が出て来ましたね。これで雨でも降ったら、今夜の商売は諦《あきら》めますよ」

勇次郎はさばさばした口調で言う。粋《いき》でいなせで、独り者にしておくのはもったいない男ぶりだ。だが、勇次郎は惚れた女が病《やまい》で死んでから女房を迎える気にはなれないと市兵衛に洩《も》らしていた。

ちろりの酒が運ばれて来ると、勇次郎は最初の一杯だけ酌《しゃく》をしてくれた。

「どうだい、あんたもやったら」

市兵衛は勇次郎に勧める。勇次郎は「へい」と曖昧《あいまい》に応えたが、つかの間、外の様子に耳を澄ました。微《かすか》に雨の音が聞こえる。勇次郎は板場を出て、見世の油障子を開けると「やあ、やっぱり降って来やがった。仕方がねェなあ」と独り言を呟《つぶや》き、その後で短いため息をついた。

「旦那、帰りが難儀ですね」

勇次郎は油障子を閉めると、気の毒そうに市兵衛に言う。

「なあに。うちの店はここからほんのひと歩きだ。濡れたところで大事はないよ。まあ、その内、雨は上がるかも知れないし」

市兵衛は呑気《のんき》に応えた。

「さいですね。そいじゃ、ゆっくりやっておくんなせェ。あ、夕方、和田屋の旦那からひらめをいただいたんですよ。刺身、喰いますかい」

勇次郎は景気をつけるように訊《き》く。

「ひらめとは豪勢だな」

「和田屋の旦那は後で顔を出すとおっしゃっていましたが、この雨じゃどうですかねえ」

「和田屋さんは自分が食べたくてあんたの所へ持って来たんじゃないのかい。それだったら悪いよ」

市兵衛は遠慮する。

「いいんですって。和田屋の旦那は太っ腹なお人ですから、富田屋の旦那に食べていただいたと言えば喜びますよ」

「そうかねえ。そいじゃ、お言葉に甘えてご馳走《ちそう》になるか。後で和田屋さんには何かで埋め合わせをしなくちゃいけないねえ」

「相変わらず旦那は義理固いお人だ」

勇次郎は板場に入りながら言う。

「わたしが義理固いだって？　それは買いかぶりだよ」

「いいえ、和田屋の旦那も難波屋の旦那もおっしゃっておりやしたよ。近頃の商家の旦那衆は仲間を出し抜くことばかり考えているが、富田屋の旦那はそうじゃねェって」

「それはそれは。今夜は来てよかったよ。珍しく褒《ほ》め言葉を頂戴した。嬉しいねえ。ささ、あんたもやりなさい」

市兵衛は照れ隠しに勇次郎へ酒を勧める。

「そいじゃ、ひらめにけりをつけたらご相伴《しょうばん》致しやす」

勇次郎は笑顔を見せた。市兵衛は刺身ができる間《あ》、突き出しの小鉢を引き寄せた。青菜の和え物のようだが、近頃、老眼気味の市兵衛にはそれが何かわからなかった。

口に入れて菜の花のからし醤油和えだと気がついた。

「これは菜の花だね」

「さいです」

「もうそんな時季かい？」

「青物市場で手に入れやした。何んでも上総国《かずさのくに》辺りから運ばれて来たもんだそうです。まだちょいと高直《こうじき》なんで、昼の客には出しておりやせんが」

「あんたは一膳めし屋の親仁《おやじ》にしておくのは惜しいよ。何しろ工夫がある。その気になれば一流どころの料理茶屋でも立派に板前が張れると思うがね」

「旦那、それこそ買いかぶりですよ。おれは料理茶屋の修業を途中で放り出した半端者でさァ」

「そんなに修業が辛《つら》かったのかい」

「おれは人とうまくやれねェんですよ。兄貴分の料理人と毎度喧嘩《けんか》になるんでさァ。親父とお袋は最初の内こそ何事も辛抱《しんぼう》が肝腎《かんじん》だと小言を言いましたが、最後には、もういいから帰って来いって言いましたよ。おれは喜んでここへ舞い戻ったんでさァ。だから仕事はほとんど親父に仕込まれたんですよ」

勇次郎の父親は七年前に心《しん》ノ臓《ぞう》の発作で亡くなったという。その半年後に母親も後を追うように亡くなったそうだ。

「親父さんが生きていた頃は、わたしはここへ来たことがなかった。一度ぐらい、あんたの親父さんの料理を味わってみたかったねえ」

市兵衛はお世辞でもなく言った。

「ありがとうございやす。親父があの世で喜んでおりやすよ。さ、刺身ができやしたぜ」

勇次郎はそう言って、刺身の皿を差し出した。上に細《こま》かく刻んだ葱《ねぎ》がまぶされていた。

「わさびにしますかい？　それとも酢醬油にしますかい？」

勇次郎は小皿を出しながら訊く。

「酢醬油が乙《おつ》かも知れないねえ」

「さいです。富田屋自慢の北風酢《きたかぜす》に野田《のだ》の醬油を合わせておりやすから、まずい訳がありやせん」

勇次郎は悪戯《いたずら》っぽい表情で言う。北風酢とは酢の上物のことで、それは市兵衛がひさごへ通うようになって勇次郎に勧めたのだ。値《あたい》は普通の酢の二倍ほど高いが、上品で爽《さわ》やかな酸味がある。それまで勇次郎は尾張《おわり》藩が江戸へ運ばせていた尾張酢ばかりを使っていたが、北風酢に出会うと、他の酢には見向きもしなくなった。

ひらめの刺身に葱を巻き込み、唐辛子《とうがらし》を振った酢醤油にちょっとつけて口に入れると、何んとも言えない滋味《じみ》が口中に拡がった。

「うまいねえ」

市兵衛は感歎《かんたん》の声を上げた。

「でしょう？　アラは吸い物にしやしょう」

市兵衛の反応を窺《うかが》うと、勇次郎は吸い物の仕度に掛かった。その時、見世の油障子が勢いよく開き、和田屋半次郎が入って来た。

番傘の雫《しずく》を振り落とすと「やあやあ、とんだ濡れ鼠《ねずみ》になっちまった」と冗談交じりに言いながら市兵衛の隣りに腰掛けた。

「和田屋さん、お先にひらめをいただいておりましたよ」

市兵衛は如才ない口を利いた。

「うまいですかい」

「もちろんですよ。極上上吉《ごくじょうじょうきち》だ。こんなうまいひらめにはちょっとお目に掛かったことがありませんよ」

「よかった……おや、洒落《しゃれ》た喰い方をなさっておりやすね」

「和田屋さんもおやんなさい。ほっぺたがおっこちますよ」

市兵衛がそう言うと、半次郎は酢醤油を入れた小皿を勇次郎に催促し、箸《はし》はまどろっこしいとばかり、指で摘《つま》んで慌《あわ》てたように口に入れる。その後で、どうしてよいかわからないという態《てい》で、顔をくしゃくしゃにした。

市兵衛は梅干しを食べた時にそんなふうになるが、半次郎はうまい物にありついた時、そうなる。おもしろい男である。

「魚は見慣れているから、さして喰いたいとは思わねェんですが、今朝はこのひらめを見た途端、くらっとなったんですよ。たまにゃ、客へやるより手前《てめ》ェで喰ってやろうという気になり、ここへ届けたんですよ。うちの嬶《かか》ァじゃうまく捌《さば》けねェですからね。ところが悪いことはできねェもんで、出かけようとした時にひと雨きた。ちょいと迷ったが、ままよってんで、やって来ちまいました」

半次郎は笑いながら言う。

「それはそれは。わたしだけがご馳走になったんじゃ、和田屋さんに恨《うら》まれるところでしたな」

市兵衛は勇次郎に猪口《ちょこ》を出させ、気軽に酌をする。半次郎はこくりと頭を下げた。

「まあ、それならそれでいいんですがね」

半次郎は鷹揚《おうよう》に応える。勇次郎が言った通りの応答だった。半次郎は市兵衛より五つほど年下になる。まだまだ男盛り、仕事盛りだ。魚問屋という仕事柄、威勢のよさは折り紙つきだった。

「あっしは、ひさごとは十年来のつき合いになりますが、富田屋さんは……」

半次郎はふと思い出したように訊く。半次郎は魚問屋の主というより、ちょいと見には鳶職《とび》の頭《かしら》のようだ。気風《きっぷ》がいい。魚問屋の寄合には、高級な料理茶屋も利用するだろうが、そういう見世はきっと半次郎の性に合わないのだろう。ひさごを贔屓《ひいき》にする理由にも得心が行くというものだ。

「わたしはたかだか五年ほどにしかなりませんよ。わたしは富田屋の入り婿でしたから、舅が生きている内は、そのう、遠慮ってものがありましたからねえ」

「ご苦労なすったでしょうなあ」

半次郎はしみじみ言う。半次郎の注文したちろりが運ばれて来ると、お返しとばかり市兵衛の猪口に酌をしてくれた。市兵衛は嬉しそうに頭を下げてから話を続けた。

「苦労は誰にもつきものですよ。時々、自分には運があったのか、そうでないのかわからなくなる時があります。手代の時に先の女房の婿になったのは運があったと思いましたが、すぐにそれは間違いだとわかりました」

「それはどうしてですか」

半次郎は怪訝《けげん》な眼を市兵衛に向けた。

「女房には言い交わした男がいたんですよ。女房は一人娘でしたから、富田屋のために渋々わたしと一緒になったんです」

「そいじゃ、富田屋さんと夫婦になってもお内儀《かみ》さんは間夫《まぶ》と続いていたんですかい」

「多分、そうでしょう。女房の母親が庇《かば》っておりましたので、おおっぴらにはなりませんでしたが」

「母親とつるんでいたんですかい。呆れた話ですな。で、その間夫のことを富田屋さんは知っていたんですかい」

「顔は知りませんが、稲荷町《いなりちょう》だと聞いたことがあります」

芝居小屋の大部屋役者は下谷《したや》の稲荷町に住んでいることが多かったので、俗に稲荷町と言えば大部屋役者を指した。

「名前は？」

「何か気になることでも？」

市兵衛は半次郎に訊き返した。勇次郎はひらめの潮汁《うしおじる》を拵《こしら》え、市兵衛と半次郎の前に椀を置くと、板場の腰掛けに座って黙って話を聞いていた。勇次郎は湯呑の冷や酒をちびちびと呑んでいる。

「うちの店の番頭の弟が稲荷町でしてね、ちょうど、富田屋のお内儀さんと大内儀さんが亡くなった頃に死んでるんですよ。名前は金太郎《きんたろう》でした。もしかして繋《つな》がりがあるのかなと思いましてね」

そう言った半次郎に市兵衛はしばらく返事をしなかった。むろん、それは図星《ずぼし》だったからだ。

ちろりの酒はすぐに空《から》になった。市兵衛は新たに燗《かん》をつけて貰うと「和田屋さん、金太郎の話が出たのも何かの縁だ。今までわたしは、そのことを人に話したことはなかったんですが、和田屋さんや勇さんには打ち明けてもいいような気がしています。聞いていただけますか」と、静かな声で言った。

おまきとおやすが亡くなって、そろそろ二十年になる。胸に秘めていた思いを市兵衛は誰かに話したくなっていた。いや、屋根を打つ雨音と、油障子を鳴らす風の音が市兵衛をそんな気持ちにさせたのかも知れない。

「もちろん」

半次郎は大きく肯《うなず》いた。勇次郎も緊張した表情で口を挟んだ。

「あの事件が起きた頃、おれはほんの餓鬼《がき》でしたんで、詳しい事情は知りやせんでしたが、当時、この見世の客達は勝手な噂話をしておりやした。本当の下手人《げしゅにん》は旦那じゃねェかってね。むろん、そんなことはある訳がねェ。ちゃんと奉行所のお役人が取り調べをなすって、旦那の疑いは晴れたはずだ。だが、旦那はあの事件については、今まで何ひとつおっしゃらなかった。実はおれも内心で気になって仕方がなかったんです。どうぞ富田屋の旦那、真相を聞かせて下せェ」

その時、油障子が不意に開き、薬種問屋の難波屋勘兵衛が大きな身体を縮《ちぢ》めるようにして入って来た。

「今夜はやけに人恋しくてね、女房の奴に風邪を引くから出かけるのはおよしと言われたんだが、雨が小降りになったとわかるや、たまらなくなって出て来たよ」

勘兵衛は照れ隠しなのかそんなことを言う。

「雨は小降りになりましたかい。それはよかった。しかし、難波屋さんは鼻が利きますね。今夜はひらめの刺身と、それから取って置きの話があるんですよ。富田屋さん、これで役者も揃《そろ》った。難波屋さんにもお聞かせしてよござんすね」

半次郎は念を押す。市兵衛は薄く笑って肯き、目の前の小鉢に視線を落とした。

「あれは菜の花の咲く頃の、そう、こんな雨の日でしたよ」

市兵衛の脳裏《のうり》には一人の男の顔がはっきりと映っていた。

三

その頃の市兵衛は思い悩んでいた。それはもちろん、女房のおまきのことだった。富田屋の娘婿となり、嘉兵衛の跡を継ぐのは自分しかいない。市兵衛はよくわかっていた。

しかし、市兵衛はおまきと名ばかりの夫婦だった。市兵衛の長兄は本所《ほんじょ》の葛飾《かつしか》村《むら》で百姓をしていたので、市兵衛はよほどおまきと離縁して長兄の家に身を寄せようかと考えたが、長年お店奉公をして来た市兵衛に、果たして百姓ができるかどうか自信がなかった。

そもそも市兵衛は口減らしのために富田屋へ奉公に出されたのだ。今さら舞い戻っても厄介者《やっかいもの》でしかないだろう。また、離縁すれば嘉兵衛の期待を裏切ることにもなるはずだ。

市兵衛は意を決しておまきの寝間に忍び込み、無理やりにでもおまきに言うことを聞かせようとしたが、それは失敗に終わった。

おまきは激しく抵抗して、大声で母親のおやすを呼んだのだ。あの時のきまり悪さ、格好の悪さと言ったらなかった。

「市兵衛さん、手ごめみたいな真似をして恥ずかしくないのですか。もう少し、おまきの気持ちを考えて下さいな」

おやすは泣きじゃくるおまきを抱きかかえながら小意地悪い表情で言った。

以後、市兵衛は、決しておまきと情を通じようとはしなかった。

そんな折、一緒に奉公に上がった手代がおまきには間夫がいると教えてくれた。それが稲荷町の金太郎で、おまきは金太郎の出世を夢見て、何かと貢《みつ》いでいるという。

市兵衛はそれを聞いて、今までのおまきのつれない態度が一度で腑《ふ》に落ちた。不義密通はご法度《はっと》だ。嘉兵衛に打ち明ける前に市兵衛はおやすに、どういうことかと問い質《ただ》した。

おやすは涙ながらにおまきの不義を詫《わ》び、嘉兵衛に内緒にしてくれと、畳に額《ひたい》をこすりつけて頼んだ。何も彼《か》も承知でおまきを庇うおやすに市兵衛は言葉もなかった。

市兵衛はおまきと顔を合わせたくないために、泊りがけで醤油の醸造家の所にご機嫌伺いすることが増えた。伊勢国《いせのくに》の津《つ》にある北風酢の製造元へも年に一度は出かけた。

北風酢は伊勢国津藩の城下にある北風六右衛門《ろくえもん》が作る千歳酢《ちとせず》のことを指す。ものの本には「日本第一の佳味にして、関東に献《けん》じ奉《たてまつ》る」とある。北風酢の評判が高まるにつれ、北風酢のまがい物も流通するようになったが、富田屋で扱うのは正真正銘の北風酢だった。

江戸の手土産を携《たずさ》えて北風酢の製造元に顔を出し、今後とも富田屋とねんごろにつき合いをしてくれと丁寧に願い出れば、向こうも、わざわざ江戸から訪ねてくれたことに感激し、下へも置かないもてなしをしてくれた。

伊勢国の津までは片道百里（約四百キロ）の道程である。津に三日ほど滞在しても往復二十日間以上も店を留守にすることになる。

それでも市兵衛はおまきの顔を見ずに済むので気が楽だった。

あれは何度目の伊勢行きの帰りだったろうか。四日市《よっかいち》の宿を出て、桑名《くわな》の渡しを越え、岡崎《おかざき》、白須賀《しらすか》、藤枝《ふじえだ》と歩を進め、箱根《はこね》に辿り着いた頃、細かい雨が降り出し、雨脚はさらに強くなった。市兵衛は道中合羽《がっぱ》に菅笠《すげがさ》を被《かぶ》り、その日泊まる宿に向かっていた。街道の傍らには菜の花が咲いていた。陽射《ひざ》しの下では眩《まぶ》しいほど輝いている黄色の花も、雨の中ではぼんやりと精彩に欠けていた。

雨でぬかるんだ道の脇に一人の男が膝《ひざ》を突き、頭を下げて道行く人に「お恵み下せェやし、後生でござんす。女房が病《やまい》に倒れやして、路銀が底を突きやした。どうぞ女房を助けてやっておくんなせェ」と、泣き出さんばかりの声で訴えているのに市兵衛は気づいた。

その男は薄汚れた身なりをしていたが、元々の物乞《ものご》いには見えなかった。男の前には鐚銭《びたせん》が五つばかり置いてあった。奇特な人間が男に同情して恵んだのだろう。だが、それだけではかけ蕎麦《そば》一杯ぐらいにしかならないだろうと思った。

いつもは、やり過ごしてしまう市兵衛だったが「女房」という男の言葉に、つい足が止まった。

「雨に濡れて風邪を引くよ。そうなったら、あんたと女房は共倒れだ」

市兵衛の声に男は顔を上げた。げじげじ眉にどんぐり眼《まなこ》、見事な団子鼻に愛《あい》嬌《きょう》がある。唇もぶ厚い。悪い男には見えなかった。

「旦那、お恵みを」

男は市兵衛に縋《すが》った。

「いったい、どうしたんだね」

「へい。あっしは女房を国に置いて江戸に出稼ぎに行っておりやした。三年ほど鳶職の親方の所で厄介になり、稼いだ銭を国に送っておりやしたが、字を書くのが苦手なもので手紙は出しておりやせんでした。近頃は年季明けが迫っておりやしたんで、銭は国へ戻った時に渡せばいいだろうと、送るのもやめていました。女房は元々身体が丈夫なほうではありやせんでしたが、音沙汰《おとさた》のないあっしが心配のあまり、無理をして江戸へ迎えにやって来たんですよ。親方は女房に同情して、約束した日《ひ》にちよりも早く国へ帰してくれやした。その時、親方は箱根に足を延ばして湯に浸《つ》かれば、女房も元気に国へ戻れるだろうと勧めてくれ、別に銭も用意してくれやした。心底ありがてェと思いやして、何度も親方に礼を言って江戸を発《た》ったんですよ。ですが、まっすぐ戸塚《とつか》へ戻ればよかったんです。箱根に着いた途端、女房は気を失って倒れたんでさァ。それから医者だ、薬だと大騒ぎになりやした。ものの十日で持っていた銭が底を突き、宿屋から追い出されやした。それで、こんな恥ずかしい真似をしなきゃならねェざまになりやした」

男はそう言った後で、しゅんと洟《はな》を啜《すす》った。

「あんたの女房はまだ臥《ふ》せっているのかい」

「いいえ、何んとか起き上がれるようになりやしたが、まさか飲まず喰わずで国にも戻れやせんので、道中の路銀を工面しようと、旅のお人にお情けを頂戴しておりやした」

「で、あんたの女房は、今どこにいるんだい」

「へい。近くの稲荷のお社《やしろ》に宿を借りておりやす」

「国は戸塚なんだね」

「へい」

「ほんのひと歩きなんだが、病み上がりの人にはきついのだろうね。戸塚に戻っても、その様子じゃ食べられないのじゃないかい」

「いいえ、狭いながら田圃《たんぼ》と畑がありやすんで」

「せっかく出稼ぎに行っても、何もならなかったということかい」

「江戸から送った銭は女房が貯めておりやして、家の中の人に見つからねェ場所に隠しているそうです。ともかく、戸塚に戻れば何んとかなるんです。後生だ、旦那。助けて下せェ」

男は声を励まして市兵衛に言う。

「袖摺《そです》り合うも他生《たしよう》の縁《えん》という諺《ことわざ》もある。ここであんたと会ったのも何かの縁だ。戸塚に連れてってやるよ」

どうしてそんな気になったのかわからない。

強《し》いて言えば、男の生真面目《きまじめ》な表情に市兵衛は好感を持ったのだろう。それから男を引き立て、女房のいる稲荷へ行くと、確かに痩《や》せて顔色の悪い二十七、八の女がいた。

「あたしらをどうするつもりだ！」

女は警戒して市兵衛に凄《すご》んだ。金がない夫婦の足許を見て、悪さを企《たくら》む人間に思われたようだ。市兵衛こそ、内心でこの二人がごまの灰ではないかと疑っていたのに。

「この旦那が戸塚に連れてって下さるんだとよ」

男は女房を宥《なだ》めた。

「あてになるもんか。誰が見ず知らずの人間の面倒を見るものか。お前さん、騙《だま》されちゃいけないよ」

女房はそれでも市兵衛を睨《にら》んで声を荒らげる。

「おかみさん、そうだよな。見ず知らずの人間の面倒を見る者など、そうそういない。だが、わたしはあんたの亭主が心底、あんたのことを心配している様子に感じ入ったのだよ。とり敢《あ》えず、ここにいても始まらない。今夜はわたしがなじみにしている宿に泊まり、めしを喰って、落ち着こうじゃないか。部屋はひとつしか用意できないけど、いいね？　わたしも仕事帰りで、さほど銭を持っちゃいないが、めし代と宿代ぐらいは何んとかなるよ」

市兵衛は女を安心させるように言った。

「ほんとに本当？」

女房は信じられない様子で訊く。

「わたしは江戸で醬油と酢の問屋をしている富田屋市兵衛という者だ。疑っているのなら、これから行く小松屋《こまつや》という宿の女中に訊くといいよ」

市兵衛が素性を明かすと、ようやく女房は安心して笑顔を見せた。

「ありがとうございます。地獄に仏とはこのことですよ」

「そんなに大袈裟に考えなくてもいいよ」

市兵衛は笑って女房をいなした。それから女房に合羽《かっぱ》を着せ、三人は小松屋へ向かった。

この夫婦のことは箱根界隈でも噂になっていたらしく、市兵衛が二人を連れて宿屋の玄関に立つと、顔見知りの女中はうさん臭い表情で「旦那、構わないほうがよかありませんか」と忠告した。

「いいんだよ。事情は聞いているから。おかしな連中じゃないよ」

市兵衛はそう言って、二階の部屋に案内させた。

湯に浸かり、晩めしを食べ終えると、女房は疲れが出たのか蒲団に横になった。すぐに寝息が聞こえた。

「ようやくおかみさんは安心して眠れるようだよ」

市兵衛はそう言って男の猪口に酌をした。男も心からほっとして、市兵衛に何度も礼を言った。

旅の夜は長い。市兵衛は退屈凌《しの》ぎに男と酒を飲みながら世間話を始めた。それが次第におまきとおやすの愚痴《ぐち》に変わって行った。

四

「それが留蔵《とめぞう》なのか……」

難波屋勘兵衛は独り言のように呟いた。勘兵衛は男の名をしっかりと覚えていた。あの事件のことは、当時、大伝馬町だけでなく、江戸中に知れ渡っていたからだ。勘兵衛は市兵衛より二つ上の五十歳だった。

夜の五つ（午後八時頃）を過ぎて、風は収まったが、雨の音はまだ続いていた。その夜、ひさごに新たな客は訪れそうにもなかった。

勇次郎には気の毒だが、市兵衛にとっては話がしやすかった。勇次郎も市兵衛の気持ちを察したのか、早々に暖簾を下ろし、軒行灯《のきあんどん》の火も消した。

「そうです、それが留蔵との出会いでした」

市兵衛は吐息交じりに応える。

「恩返しのつもりで留蔵はあんなことをしでかしたという訳ですかい」

半次郎は解《げ》せない表情で訊く。

「多分……」

市兵衛は乾いた唇を湿すように猪口の酒を飲んで言った。

「そんな恩返しより、あの時はお世話になりやしたと、手前ェと女房の宿代に手土産のひとつも添えて富田屋さんに届けるのが筋だと思いますがねえ」

半次郎は至極当然の理屈を言う。

「和田屋さんのおっしゃる通りですよ。でもね、あの男にはそれができなかったんです」

「なぜ」

「わたしはひと晩、愚痴を聞いて貰い、翌日は三人で宿を出ました。それから留蔵の女房の身体を慮《おもんぱか》って休み休み戸塚へ向かいました。戸塚に着くと、ちょっと家に寄ってくれと引き留めるものですから、悪く遠慮するのも何んですので、立ち寄りましたよ。長く留守にしていたので、家の中は埃《ほこり》が溜まっておりましたが、その女房は存外にきれい好きだったようで、きちんと片づいておりました。長居するつもりなどなかったんですが、わたしはひと晩、泊まることになりました。女房はわたしのために大事な米でめしを炊き、芋のつるの汁を拵えてくれましたよ。それは、とてもうまかった」

「里芋《さといも》のつるを干したもんですね。芋がらですよ。あれを水に戻せば、しゃきしゃきして、うまいです。味噌汁の実にもなりますし、煮物もいけます」

勇次郎は嬉しそうに口を挟んだ。

「恩返しなどいらなかった。わたしだって、そうしてひと晩、泊めて貰ったんですから、おあいこでしょう」

市兵衛は相槌《あいづち》を求めるように三人の顔を交互に見た。

「それがどうして？」

半次郎は市兵衛に話の続きを急《せ》かした。

「わたしは手前ェの女房と姑の愚痴を言い過ぎたんです。留蔵の胸の中にわたしの愚痴が重く残ってしまったんでしょう」

「それにしてもわからない。留蔵は戸塚に戻って女房となかよく暮らしていたのではないですかい。もはや江戸へ来る理由もない……いや、また出稼ぎに来ていたんですかい」

「江戸に出て来たのは、女房が亡くなったからですよ」

市兵衛はそう言ったが、留蔵はおまきとおやす、それに金太郎をあやめる目的で江戸へ出て来たのだ。それが市兵衛に対しての恩返しになると留蔵は堅く信じて疑わなかった。

「留蔵の女房は死んだんですか……」

勘兵衛は低い声で言った。市兵衛の情けが水の泡になったことを悔しがる表情でもあった。

「もはやこの世に未練はないと思ったんでしょうな。多分、富田屋さんの恨みを晴らした後は死ぬつもりだったと、あっしは思いますよ。しかし、どうしてそこまで思い詰めたんですかねえ」

半次郎は依然として留蔵の気持ちが理解できないようだった。

「留蔵と女房は戸塚に戻ってからしばらくの間、畑仕事をしながら静かに暮らしていたと思います。しかし、女房はまた病で床に就く羽目《はめ》となったのです。留蔵は女房の医者代と薬代に頭を悩ますことになりました。留蔵は田圃と畑を手放したそうです。そうまでしても、女房は結局助からなかった。留蔵は女房の葬儀を終えると江戸へ出て来ました。それは、わたしのことが気掛かりだったからです」

「律儀《りちぎ》な男だったのですな、留蔵という男は」

勘兵衛は、ぽつりと言った。市兵衛は、はっとしたように勘兵衛を見つめた。

そうだ、留蔵は律儀な男だったのだ。そのために市兵衛に情けを掛けられたことが忘れられなかったのだ。何んとか恩返しがしたいと、ずっと思い続けていたのだ。だが、その時の留蔵には箱根の宿代も返せない。気の利いたお礼の品も渡せない。どうすれば市兵衛の恩に報《むく》いることができるだろうと考えに考えた末、市兵衛を悩ませているおまきとおやす、それに金太郎を殺そうと決心したのだ。

「富田屋さんは留蔵と戸塚で別れてから一度も会わなかったのですか」

勘兵衛は手酌で酒を注ぎながら訊く。

「最後に会ったのは留蔵が引き廻しの途中で休憩した寺でした」

「奴は小塚原《こづかつぱら》の仕置き場で死罪となったから、西念寺《さいねんじ》ですか」

勘兵衛は世情に通じた男だったから、そういうことも覚えている。引き廻しには五ヶ所引き廻しと江戸中引き廻しのふた通りがあり、江戸中引き廻しは江戸の中心を引き廻すという意味で、牢屋敷を出て日本橋《にほんばし》、江戸橋《えどばし》、及び荒布橋《あらめばし》辺りを一周して再び牢屋敷に戻って処刑される。一方、五ヶ所引き廻しは牢屋敷から鈴《すず》ヶ森《もり》か小塚原の仕置き場へ至る間を引き廻される。

小塚原の仕置き場での場合、途中で投げ込み寺として知られている西念寺で休憩を取るのが慣わしだった。そこでは本人の希望により、親戚や知人との最後の面会が許され、また食べたい物や酒なども与えられた。

市兵衛は奉行所を通して留蔵から会いたいと言われ、西念寺に出かけたのだ。

「富田屋さんが留蔵と戸塚で別れてから西念寺で会うまで、どのぐらいの年月が経《た》っていたんですか」

半次郎は盛んに瞬《まばた》きをしながら訊いた。半次郎は留蔵のような男のことを、後にも先にも初めて聞いたので、戸惑いを覚えている様子だった。

「一年ですかね」

市兵衛がそう言うと、三人は感心したような、呆れたような、どっちとも取れないため息をついた。

市兵衛は箱根の小松屋でのことを思い出していた。酔いが回るにつれ、市兵衛の口調が激昂《げっこう》して行き、それを留蔵は制することも宥めることもせず、ただ黙って聞いていた。

市兵衛は胸の思いを留蔵にぶちまけ、つかの間でも溜飲《りゅういん》を下げたのだが、自分の重い荷物を留蔵に背負わせてしまったのだと、西念寺で留蔵の顔を見て後悔した。留蔵は沈痛な面持《おもも》ちの市兵衛に比べ、存外にさばさばした表情をしていた。

あれは芝居町で曾我物《そがもの》の正月興行が打たれていた時だ。おまきとおやすは芝居茶屋にひと月も前から席を手配させていた。金太郎が家来役の一人として出演するからだった。台詞《せりふ》ひとつ与えられない大部屋役者なのに、おまきもおやすも金太郎が舞台に上がるだけで夢中だった。

芝居がはねれば芝居茶屋に金太郎を呼び、その日の演技をもっともらしく批評していたらしい。金太郎の出番がない場面には、二人は芝居茶屋に戻って湯に入ったり、昼寝をしたりしていた。

事件は二人が幕間になって、芝居茶屋に一旦戻った時に起きた。部屋に突然現れた留蔵がものも言わず匕首《あいくち》でおまきを刺し、次に動転して声も出せなかったおやすを刺した。あっという間のでき事だったらしい。留蔵はそれから芝居小屋に向かい、出番を終えてひと休みしていた金太郎を襲った。さすがに周りには裏方の男達や座元の若い者もいたので、留蔵は捕らえられ自身番に突き出された。おまきとおやすが殺されたのも留蔵の仕業《しわざ》だとわかった。

知らせを受けた市兵衛は嘉兵衛と一緒に芝居茶屋へ向かった。二人のいた部屋の畳は使いものにならないほど血で汚れていた。かッと眼を見開いたおまきと、笑っているように見えたおやすの死顔が不気味だった。

「くそッ、恥さらしな母娘《おやこ》だ」

嘉兵衛の憎々しげな声は、どこか遠くから聞こえたように思えた。奉行所の同心の検死が済むと、芝居茶屋の若い者に頼んで二人を戸板で大伝馬町まで運ばせ、それから店は上を下への大騒ぎとなったのである。

市兵衛は二人の葬儀の最中に岡っ引きから呼び出され、調べ番屋で厳しい取り調べを受けた。奉行所の役人は市兵衛が留蔵に三人の殺しを命じたか否《いな》かを追及した。

最初、留蔵という男を知っているかと訊ねられても市兵衛はピンと来なかった。戸塚の百姓だと素性を明かされ、ようやく思い出した。しかし、留蔵が三人を殺した下手人だと知らされると、市兵衛は胸が震えた。自分が愚痴を洩《も》らしたことに覚えがあったからだ。

市兵衛は一年前に留蔵夫婦と箱根で会い、困っている様子に面倒を見たことがあると手短に言っただけで、その他の詳しい事情は話さなかった。自分に累《るい》が及ぶことを恐れた。

奉行所は箱根に使いをやり、一年ほど前、市兵衛が夫婦者と一緒にひと晩泊まったということを確かめた。奉行所は留蔵が顔見知りとなった市兵衛の家の様子を探り、おまきとおやすが芝居茶屋に入り浸っていることを知ると、金を奪う目的で二人を襲ったと結論づけた。

金太郎がおまきの密通の相手だとわかると、留蔵が金太郎を殺した理由にも奉行所はさして疑問を持たなかったようだ。もっとも取り調べの経緯は市兵衛にも理解できない部分が多々あったが。

「留蔵という男がわかりそうでわからない。富田屋さんのお内儀さんと大お内儀さんから留蔵は金を盗っておりましたかい」

半次郎は、ふと思い出したように訊く。

「ええ。五両ほど盗っておりましたが、一文も遣っておりませんでした。もっとも金太郎を殺したすぐ後に捕まりましたので、遣う暇もなかったでしょうが」

市兵衛は応える。その金でせめてうまい物を喰い、飲みたいだけ酒を飲んでくれたら市兵衛はまだしも気が楽だったと思う。

「富田屋さんの悩みの種を摘《つ》み取って、手前ェは死に花咲かせた気でもいたんでしょうかな。いや、畏《おそ》れ入ります」

勘兵衛は目の前に留蔵がいるかのように殊勝《しゆしよう》に頭を下げた。

「皆さん。わたしはやはり留蔵をそそのかしてしまったのでしょうか」

市兵衛は心細い顔で三人に訊いた。半次郎と勘兵衛は小さく首を傾《かし》げた。だが、勇次郎だけは「富田屋の旦那に落ち度はねェと思いやすが、しかし、留蔵がそこまでするのがわからねェ。難波屋の旦那がおっしゃるように律儀な男だったと考えるしかありませんよ」と、市兵衛を慰めるように言った。

「わたしは以後、どんなに辛いことがあっても、いい気になって人に吹聴《ふいちょう》してはいけないと肝《きも》に銘じるようになりました。ですが、先の女房と姑があああいうことになってから、胸を痛めるほどの悩みがなくなったのは事実です。あのまま何事もなく先の女房と姑が生きていたとしたら、わたしは富田屋に留《とど》まっていたかどうかもわかりません。わたしが今こうして皆さんとなかよく酒を酌み交わしていられるのは留蔵のお蔭でもありますが、まさか女房と姑をよくぞ殺してくれたとは言えませんよ。罪は罪ですから」

「全くですな。まあ、それが世の中というものですよ。風の吹きようで一寸先はどうなるかわからない。わたしが言えることは人間、慎《つつし》みを持って真面目に暮らすしかないということですよ。富田屋さんの亡くなったお内儀さんと大お内儀さんには申し訳ありませんが、やはり富田屋さんをないがしろにした罰が当たったと思うほかありませんな。しかし、それにしても富田屋さんのお話は興味深かった。いいお話を伺って勉強になりました。ありがとうございます」

勘兵衛は丁寧に頭を下げると腰を上げた。

五

勘兵衛が帰ると、半次郎もほどなく引き上げた。四《よ》つ（午後十時頃）を過ぎると雨の音もやみ、どうやら雨は上がった様子だった。

見世の外は通り過ぎる人もおらず、しんとした静寂に包まれている。時折、その静寂を破るかのように野良犬の遠吠《とおぼ》えが聞こえた。

市兵衛は自分も帰るそぶりを見せたが、勇次郎は「まだいいじゃござんせんか」と引き留めた。

「町木戸《まちきど》が閉じてしまうよ」

「それなら泊まってって下せェ。旦那から切ねェ話を聞いた後に一人にされるのはたまりやせんよ。どうです？　内所《ないしょ》（経営者の居室）の炬燵《こたつ》に入って飲み直すってのは。腰掛けは疲れますからね」

「もう十分に飲んだよ」

市兵衛は笑っていなしたが、勇次郎は引き下がらない。

「そいじゃ、茶漬けを拵えまさァ。おれはもう少し飲みてェ気分なんで」

「わかった。あんたの言う通りにしよう」

市兵衛がそう言うと、勇次郎は嬉しそうに市兵衛を内所へ促《うなが》した。

四畳半の内所は、やもめにしては片づいているほうだろう。山王権現《さんのうごんげん》を祀《まつ》った神棚があり、鴨居《かもい》に勇次郎の着物がぶら下がっていた。

真ん中に炬燵があった。炬燵に入ると、ふんわりとした温もりが市兵衛の足から腰へ伝わって来る。

ほどなく勇次郎は塩鮭の茶漬けと香の物、湯呑などを盆に載《の》せてやって来た。

市兵衛がひさごの内所に入ったのは、それが初めてだった。

「ささ、やっておくんなせェ」

勇次郎は笑顔で勧める。もうその時は、二人は一膳めし屋の主と客ではなく、気の置けない友人同士のような感じになっていた。

「まだね、少し話し足りないことがあるんだよ」

市兵衛は茶漬けを啜りながら早口に言った。

「留蔵のことですかい？」

「ああ」

「旦那は西念寺にいる留蔵へ会いに行きなすった。その時、奴は三人を殺した訳を旦那に言ったんでげしょう？　いってェ、どんな話になったんで？」

勇次郎は気になっていたらしく訊く。市兵衛の話し足りないこととは、まさにそれだった。

「相変わらず察しのいい男だね」

市兵衛は苦笑交じりに応える。畏《おそ》れ入りやす、と勇次郎は頭を下げた。

「早くおかみさんを貰いなさいよ。いつまでも死んだ人のことを考えてちゃいけないよ。あんたはふた親もいないみなしごだ。今はいいが、年寄りになった時、寂しくなるよ」

「三十過ぎの男に向かって、みなしごはねェでしょうが、あい、旦那のお気持ちはありがたく受け取ります。旦那は今のお内儀さんと一緒になってよかったですか」

「もちろんだよ。うちの奴は富田屋の女中をしていたから、わたしがどんな立場に置かれていたか、よくわかっていた。だから気を遣ってくれたし、子供を三人も産んでくれた。ありがたい人だよ」

「確か、上の坊ちゃんの下に息子さんとお嬢さんがおりやしたね」

「ああ。三人とも可愛いよ。上の倅《せがれ》は富田屋を継がせるが、二番目には出店《でだな》（支店）を持たせてやろうと考えているんだよ。婿入りはさせない。わたしのような思いは味わわせたくないんだよ。娘はまあ、その内に嫁に行くだろうから、そっちはあまり心配はしていないが」

「粉糠《こぬか》三合持ったら婿に行くな、のたとえですか」

勇次郎は古い諺を引き合いにする。

「ああそうさ。婿入りして女房に嫌われてごらんよ。目も当てられない」

市兵衛は吐息交じりに言う。

「よほど先のお内儀さんのことがこたえていたんですね。しかし、お愛想をする訳じゃありやせんが、旦那はおなごに毛嫌いされるような男に見えませんがね」

「女の見方はまた別なのだよ。まして間夫がいたんじゃ……」

「留蔵の女房はどんなおなごでした？」

勇次郎は気になっていた様子で訊く。

「これがねえ、いい女なんだよ。眼に張りがあり、姿も細身で、とても百姓の女房には見えないのさ。留蔵が口が重いのに対し、女房はちゃきちゃきして、言いたいことを言う女だった。確かおさだという名前だった。留蔵を心から慕《した》っていたよ。あの女房じゃ、留蔵も一生懸命に看病したくなる。わたしは二人を見ていて、仲睦《なかむつ》まじさが羨《うらや》ましくて仕方がなかったものだよ」

留蔵が江戸へ出て来て、市兵衛の恨みを晴らしてやろうと思ったのはおさだにも関係していた。

戸塚で再び病に倒れたおさだは留蔵の看病の甲斐《かい》もなく危篤《きとく》状態に陥《おちい》った。医者は長くはあるまいと、そっと留蔵に覚悟を促した。

留蔵は意識が朧《おぼ》ろになったおさだに「お前《め》ェが死んだら、すぐにおれを迎えに来い。一人で生きていたってしょうがねェからな」と言った。おさだは力なく首を振った。

お前さんには、まだすることがある、富田屋の旦那に恩返しをしてからだ、と声を励まして言ったという。

そうだ、それが残っていたと留蔵も俄《にわか》に合点した。市兵衛がいなかったら、二人はあのまま箱根で野垂れ死にしていたかも知れないのだ。とにもかくにも戸塚まで連れて来てくれ、おさだを家で死なせることができるのは市兵衛のお蔭だと。

改めて礼をしたくても、おさだの看病で留蔵はその機会を失っていた。本当は田圃で作った米に青物を添えて届けたかったが、それもできそうにない。せめて市兵衛の悩みを軽くしてやりたい。留蔵はその時、決心したようだ。

おさだの弔《とむら》いを済ませると、留蔵は香典の残りを懐《ふところ》にねじ込み、江戸へ向かった。その時、家財道具は村の人に分け与えた。何も彼《か》も覚悟の上のことだった。

西念寺は境内に幕を張り巡らせてあった。

最後の休憩となる場所では見物人の好奇の目に触れさせたくないという奉行所の配慮だったのだろう。

呼び出しを受けた市兵衛は留蔵に掛ける言葉を考えあぐねていた。ただ、どうして留蔵が三人を殺す気になったのかは知りたかった。

市兵衛は小さな徳利《とっくり》を持って西念寺へ向かった。徳利の中には酒が入っていた。話の接《つ》ぎ穂《ほ》に困った時の用意でもあった。

役人が幕を引き上げて市兵衛を中へ促すと、留蔵は莚《むしろ》を敷いた上に顔を俯《うつむ》けて正座していた。咎人《とがにん》がまとう帷子《かたびら》は春とはいえ、寒そうに感じられた。それに、以前に見た時より留蔵はかなり痩せて見えたので、市兵衛はつかの間、別人ではなかろうかと思った。

「富田屋市兵衛がまいったぞ」

役人の一人が声を掛けると、留蔵は顔を上げ、市兵衛を見た。紛《まぎ》れもなくそれは、あの留蔵だった。留蔵は深々と頭を下げた。

「こんな所であんたに再び会うとは夢にも思っていなかったよ」

市兵衛は開口一番、低い声で言った。留蔵は、へいへいと肯いた。

「わたしはあんな大それたことをしてくれと、あんたに頼んだ覚えはないよ」

そう言ったのは傍にいる役人達を意識してのことだった。保身を図る気持ちが働いていた。だが留蔵は市兵衛の思惑には気づかず、女房のおさだが死に、そのおさだが今わの際《きわ》に留蔵と交わした言葉を伝えた。

「そうかい、おかみさんは亡くなったのかい。気の毒なことだったねえ。だけど、どうしてわたしに対する恩返しがあんなことになったのか、わたしはどうしてもわからないのだよ」

市兵衛は正直な気持ちを言った。もう、その時には、市兵衛は周りの役人のことなど気にならなかった。箱根の一夜のように二人きりで打ち明け話をしているような気持ちになっていた。

留蔵は市兵衛に宿代を返したかったし、自分が育てた米や青物を食べて貰いたかったと言った。それができないから、市兵衛の悩みの種の三人を殺したのだと言った。

「それでわたしが本当に喜ぶとでも？」

市兵衛はやり切れない気持ちで訊いた。

「喜びはしないでしょうが、気は楽になると思いやした」

留蔵は江戸へ出て来ると、大伝馬町二丁目の富田屋へ向かい、店の様子を窺《うかが》った。表向きは大層繁昌している店だと思ったが、おまきとおやすが頻繁に出かけるのが目についた。

事件が起きるひと廻り（一週間）も前から、留蔵はそれとなく二人の後をつけたという。

二人の行動は留蔵にとって市兵衛が話した以上に度が過ぎていた。留蔵は、何もいい思いをせずに死んで行った自分の女房とおまきを比べずにはいられなかった。世の中は、上には上があるというものの、おまきが我儘勝手ができるのは、市兵衛が店を守っているせいではないか。それなのに、おまきは感謝の気持ちを一片も持ち合わせていないように見えた。

芝居小屋から芝居茶屋へ得意気な表情で戻る母娘《おやこ》を見て殺意を覚えたという。また、稲荷町の金太郎とおまきの噂は芝居町で評判になっていたので、大勢の下っ端の役者から金太郎を見つけることもさして難しくなかったらしい。

「最後は旦那のためじゃなかったんですよ。手前ェが憎くてたまらなくなったからでさァ」

留蔵がそう言ったのは市兵衛に対する思いやりだったろう。市兵衛は痛いほど留蔵の気持ちがわかった。

「お役人様、わたしは酒を持って来ましたが、この男に飲ませてやってもよろしいでしょうか」

市兵衛はおそるおそる役人に訊いた。

三十絡みの色黒の役人は女房と姑を殺した下手人に何んの理由で酒を飲ませるのかという表情をした。

「罪は罪として、この男は最後に手前に会って詫びを入れたいと願い出たのでございます。もはや十分に罪を悔いております。そういう男にこの世で最後の酒を飲ませてやるのも人としての情けかと思います」

市兵衛は声を荒らげるような感じで言った。そうしなければ咽《むせ》び泣いてしまいそうだった。

「わかった」

役人は渋々、承知した。

「さ、飲みなさい。剣菱《けんびし》という下り酒だ」

市兵衛は徳利を差し出した。留蔵は少し遠慮する様子を見せたが、市兵衛が強く勧めると、徳利に口をつけ、そのままごくごくと喉《のど》を鳴らして飲んだ。

「うまいですねえ。こんなうまい酒は初めて飲んだような気がしやす」

留蔵は笑いながら言う。邪気のない笑顔だった。

「酔っ払っている内にお仕置きが済むよ。三途《さんず》の川であんたのおかみさんは迎えに来ているだろう」

市兵衛はそんなことしか言えなかった。

留蔵は笑って肯いた。

面会時間はまたたく間に過ぎた。市兵衛は「そいじゃ、行くよ。冥福を祈っているからね」と、込み上げるものを堪《こら》えて言った。

留蔵はそっと頭を下げたが、市兵衛が背を向けた時、叫ぶように言った。

「旦那、箱根の宿に女房と一緒に泊めてくれてありがとうございやす。それから戸塚に帰してくれてありがとうございやす。女房に優しくしてくれて、それもありがとうございやす。汚《きた》ねェおれの家に泊まってくれてありがとうございやす……」

ありがとうございやすの大盤振る舞いだった。市兵衛はぐっと唇を嚙《か》み締めたが、それでも乾いた唇はわなわなと震えた。

勇次郎は市兵衛の話を聞いていたが、途中で横になると、昼間の疲れが出たのかそのまま眠ってしまった。市兵衛は紙入れを取り出し、飲み代《しろ》を炬燵の上に置くと、そっと内所を出た。

外はまだ暗い。だが、夜明けは近かった。

空を仰ぐと、月は出ていなかったが、星が瞬《またた》いていた。

やはり、留蔵のことは打ち明けるべきではなかったと、市兵衛は後悔していた。酔いが手伝って、つい口が滑《すべ》ったのだ。

自分は幾つになっても堪え性のない男だなと、市兵衛は思う。ぞくっと寒気に襲われ、市兵衛は思わずくしゃみが出た。その時、箱根の小松屋で夜更けに留蔵から出たくしゃみのことを不意に思い出した。

「雨に濡れたから風邪を引いたんだよ」

そう言った自分の言葉も思い出す。人差し指で鼻の下を擦《こす》り、留蔵はへ、へと苦笑いした。

「へへ……」

市兵衛はあの時の留蔵を真似した。愉快な気持ちにはなれなかった。胸の中に大きな空洞ができたように虚《むな》しかった。

市兵衛は背中を丸め、近くの町木戸の前に立った。町木戸が開くまで留蔵のことを考えながら時間を潰《つぶ》すつもりだった。

解説——宇江佐《うえざ》文学の真髄《しんずい》を凝縮させた、真《ま》っ当《とう》に生きる人への応援歌！

ブックジャーナリスト　内田剛《うちだたけし》

宇江佐作品の最大の魅力は人間の営《いとな》みのすべてを知り尽くした懐《ふところ》の深さと、豊かな余韻《よいん》を味わえる読後感の良さなのではないだろうか。その輝きはまるで闇《やみ》夜《よ》を照らす灯《あかり》のようなものだ。どんなに真っ暗な闇があってもそこに火があれば安心する。薪《まき》が燃えていく音をじっと聞き、炎の揺らめきを眺《なが》めているだけで不思議なくらい落ち着いてくる。それは部屋の中で聞く雨音にも似《に》ているかもしれない。風雨をしのげる屋根の下にいるありがたさ。不規則に家の壁を叩《たた》きつける自然の猛威もいつしか一定のリズムに変化し、胸の鼓動と溶け合っていく。孤独な夜、理不尽《りふじん》な毎日、突然の不安にかられた瞬間などがまさにそうだ。たまらなく読みたくなる。まさに全身を覆《おお》いつくすような包容力を体感できるのが宇江佐文学なのだ。

『ほら吹き茂平《もへい》　なくて七癖《ななくせ》あって四十八癖《しじゅうはっくせ》』は二〇一〇年に単行本が刊行され

二〇一三年に文庫化された作品の新装版である。ロングセラーが装《よそお》いも新たに、再び世に送り出されたわけであるが、令和《れいわ》という新時代のタイミングにも理由がある。世界的な新型ウイルスの蔓延《まんえん》による人類の危機。多くの命が失われ、人間の存在意義そのものが根本から変化せざるを得ない状況となった。感染防止等のために生活様式が激変し、オンラインによって会社に縛られないというポジティブな側面がある一方、失われてしまったのは温《ぬく》もりを直接感じることができる人肌の交流だ。未知の病原菌と対峙《たいじ》することによって改めて死を身近に見つめると同時に、生きる尊《とうと》さが強く実感できたことも極めて重要な事実だろう。

さらにステイホームやソーシャルディスタンスの日々で痛感したのは、人はひとりでは生きていけない、誰もが寄り添いながら生きているという真理だ。これまでの日常が非日常となった時代だからこそ、生老病死《しょうろうびょうし》、喜怒哀楽、愛別離苦《あいべつりく》のすべてを凝縮させた宇江佐文学が必要となるのだ。

本書には著者の魅力、そのエッセンスがまるごと詰まっている。著者には膨大《ぼうだい》な作品群があるが、短編で圧倒的に読みやすいこと、六つのストーリーから上質な時代小説を味わえることもあって、宇江佐作品に親しむ「はじめの一冊」として文句なしにおススメしたい。読みどころは数多《あまた》あるが、特に江戸の街並みを空気感もそのままに再現した情景描写、色鮮やかな季節の移ろい、そして曲者揃《くせものぞろ》いの登場人物たちの細やかな感情の機微《きび》に着目して読み進めてほしい。誰もが宇江佐マジックの虜《とりこ》になり、素晴らしき物語世界に心をときめかせるはずだ。

まずは表題作である「ほら吹き茂平」から読んでみよう。実に刺激的な書き出しだ。眩《まばゆ》い太陽光線も印象的な一行目から引きこまれる。「信楽焼《しがらきやき》の狸《たぬき》」のような風貌である主人公の茂平は、大工仕事から身を引き苦悩の日々を過ごしている。人を騙《だま》そうとしている訳ではないが、口下手《くちべた》ゆえに誤解をまねいて嘘つき呼ばわりされるのだ。そんな不器用な性格を一番見抜いているのは妻のお春《はる》だった。理解のある者がもっとも側にいるという安心感。家族や来訪者たちが巻き起こす騒動がありながらも、頼りになるのはやはり愛《いと》おしき身近な存在なのだ。まるで〝読む落語〟のような軽妙かつ絶妙な夫婦の掛け合いからじんわりと、そしてほっこりと人生の真理が伝わってくる。

続いては「千寿庵《せんじゅあん》つれづれ」だ。真銅《しんどう》浮風《ふふう》が亡き夫を弔《とむら》うために建てた、つつましき千寿庵。本所《ほんじょ》小梅村《こうめむら》の静寂な情景も目に浮かぶ。浮風の特殊能力は亡き者の姿が見えて対話ができること。ファンタジックな設定であるが決して現実離れしていない。かけがえのない縁によって紡《つむ》がれた感情の糸が確かに感じられ、核心に迫るのだ。なぜ浮風はこの地で尼僧《にそう》となったのか。此岸《しがん》と彼岸《ひがん》を結びつけたミステリアスな空気の先に温かな涙あり。孤独の苦しみや喪失の哀《かな》しみを知る者にとってグッとくる一編に仕上がっている。

三編目の「金棒引《かなぼうひ》き」の舞台は日本橋品川《にほんばししながわ》町の菓子屋。あずきを煮《に》る甘い香りと、あでやかに咲き誇るつつじの描写から始まる。職人たちの日常風景を活《い》き活きと活写する点も全編を通じた読みどころである。「金棒引き」とは噂好きのことだが、世間の噂好きである佐兵衛《さへえ》の妻・おこうの存在によって描かれる時代背景が明確になるのが面白い。和宮降嫁《かずのみやこうか》、公武合体《こうぶがったい》、ペリー来航、生麦《なまむぎ》事件、寺田屋《てらだや》事件。当時の世相を庶民たちがいかに伝聞していたのかが、手に取るように見えてくる。まさに江戸市井《しせい》のワイドショーの現場、井戸端《いどばた》の魅力がここにあるのだ。幕末維新の歴史をコンパクトに俯瞰《ふかん》した余韻《よいん》もまた心に突き刺さる。

次の「せっかち丹治《たんじ》」は浅草《あさくさ》の長屋が舞台である。「世の中に短気な人間と呑《のん》気《き》な人間はどちらが多いのだろうか」という、おきよの疑問が冒頭部分だ。細《こま》やかな長屋の描写から庶民の一日や暮らしぶりが再現されてタイムスリップしたかのよう。おきよの父・丹治は下請《したう》けの大工職人。三十年も働き何十軒と家を建てながら、自分の家は建てずに長屋暮らしを続けたのは何故《なぜ》なのか。さらに転がりこんできた娘の縁談話から切実に問われるのは家の問題だ。海より深い親心が容《よう》赦《しゃ》なく心を揺さぶる。江戸職人の生き様だけではなく、寡黙《かもく》な男の偽《いつわ》りのない本音がダイレクトに伝わってくる秀作だ。

五編目の「妻恋村《つまごいむら》から」は一風変わった印象の作品である。季節は秋。先に登場した千寿庵に依頼人がやってくる。妻と娘の骨を持った老人が弔いをしてほしいというのだ。浅間山《あさまやま》噴火によって愛すべき者を失った彼を手助けするために尽力する浮風。自然災害はままならない運命の象徴でもあろう。偶然と必然によって折り重なった人生には、絶対に抗《あらが》えないものがあるのだ。人はどれだけ多くの無念と後悔を抱えて生きているのだろうか。警告を発していたのにもかかわらず、なぜ母娘は逃げなかったのか。いまだ成仏《じょうぶつ》できない魂たちは語り出すことはできるのか。昨今、頻繁《ひんぱん》に繰り返される自然災害の悲劇の光景も瞼《まぶた》に重なって、これまた涙なしには読むことができない一編だ。

そしてラストである六編目は「律儀《りちぎ》な男《おとこ》」である。主人公は大伝馬町《おおてんまちょう》の醤《しょう》油《ゆ》・酢問屋「富田屋《とみたや》」の主《あるじ》・市兵衛《いちべえ》だ。商才に恵まれ店を繁盛《はんじょう》に導くが、芝居小屋に出かけていた女房と姑《しゅうとめ》が殺害されるという悲劇に見舞われる。実はこの事件には、旅先で助けたとある夫婦が関わっていたという衝撃の展開。おそらくこの一編だけでも上質なミステリーとなるであろう。善と悪、光と影が交錯し、運命の皮肉を存分に浴びることができる。欲に塗《まみ》れた人間の素顔を徹底的に暴《あば》いた迫真のサスペンス・ストーリー。「律儀な男」というタイトルからはホラーめいた感覚も醸《かも》し出される。明るい人情だけでなく闇の部分も鮮やかに描く宇江佐文学の筆力の確かさを堪能できるのだ。

　さてここで著者の宇江佐真理のキャリアを改めて振り返ってみよう。一九四九年北海道函館《はこだて》市生まれ。一九九五年に「幻《まぼろし》の声《こえ》」で第七五回オール讀物《よみもの》新人賞を受賞し文壇デビュー。受賞作を含む連作集『幻の声　髪結《かみゆ》い伊三次《いさじ》捕物《とりもの》余話《よわ》』が話題となり、このシリーズは累計一八〇万部を超える大ベストセラーに成長。二〇〇〇年『深川恋物語《ふかがわこいものがたり》』で吉川英治《よしかわえいじ》文学新人賞、二〇〇一年『余寒《よかん》の雪《ゆき》』で中山義秀《なかやまぎしゅう》文学賞を受賞、二〇一〇年に『雷桜《らいおう》』の映画化、と、まさに飛ぶ鳥を落とす勢いでトピックスが続く。さらに『幻の声　髪結い伊三次捕物余話』『桜花を見た』『紫紺《しこん》のつばめ　髪結い伊三次捕物余話』『雷桜』『斬《き》られ権左《ごんざ》』『神田《かんだ》堀《ぼり》八つ下がり』と、なんと六作品が直木賞の候補になるなど作品の評価もうなぎ上り。四十六歳でのデビューは遅咲きではあったが、人気と実力を兼ね備えた当代随一の作家としての地位を築き上げた。

　個人的な話で大変恐縮であるが一九九一年から約三十年間書店勤務をしていた私にとって、宇江佐真理の棚を広げることが大きな仕事であり、素晴らしき作家の作品が世に受け入れられる過程を目《ま》の当《あ》たりにできたことは、忘れがたき経験である。とりわけ直木賞候補にもなった『斬られ権佐』には打ちのめされ言葉を失い、ただ立ち尽くすしかなかった。まさにむき出しの心臓を鷲摑《わしづか》みにされたような衝撃作。刊行された二〇〇二年といえば第一回本屋大賞の前々年で書店員仲間たちが「いい作品をひとりでも多くの読者に届けるためにはどうしたらいいか」と語らい合い、盛り上がっていた頃だ。僕はこの『斬られ権佐』を数か月持ち歩き、SNSのない時代に地味な口コミをしていたのだった。

　今でこそ書店店頭の文庫売場を中心とした時代小説コーナーは定番となっているが、宇江佐真理の活躍が大きな風となったことは間違いない。本屋大賞の立ち上げ以降、書店訪問や受賞パーティーの席などで著者と直接お話しする機会が増え、気さくなお人柄とお伺《うかが》いしていた宇江佐氏とも近い将来にお話しできるに違いないと待ち構えていたところ、惜《お》しくも宇江佐氏はがん闘病を告白して間もなく六十六歳という若さで二〇一五年に逝去《せいきょ》。お会いできないままであったことがいまだに悔やまれる。

新作が読める機会が永久に失われてしまったことは悔しいが、幸いなのは平成《へいせい》から令和の時代となっても豊饒《ほうじょう》な名作群が読み継がれていることである。その肉声はエッセイ『ウエザ・リポート』や「髪結い伊三次捕物余話」シリーズの著者あとがき、さらには繋《つな》がりのある書評家や作家たちによって書かれた文庫解説などで知ることができる。願わくはさらにたくさんの読者に、とりわけ若い方々に慎《つつ》ましくとも寄り添いながら生きることの尊さが伝わってほしい。

宇江佐真理を読めば間違いなく人生が豊かになる。血の繋がりやあらゆる境界も関係なく、本当の優しさや思いやりの心を育ててくれる。この国に必要なのはこうした真《ま》っ当《とう》な物語の力なのだ。

本書は二〇一三年七月、小社より文庫判で刊行されたものの新装版です。

ほら吹き茂平

一〇〇字書評

切り取り線

購買動機（新聞、雑誌名を記入するか、あるいは○をつけてください）	
□（　　　　　　　　　　　　　）の広告を見て	
□（　　　　　　　　　　　　　）の書評を見て	
□ 知人のすすめで	□ タイトルに惹かれて
□ カバーが良かったから	□ 内容が面白そうだから
□ 好きな作家だから	□ 好きな分野の本だから

・最近、最も感銘を受けた作品名をお書き下さい

・あなたのお好きな作家名をお書き下さい

・その他、ご要望がありましたらお書き下さい

住所	〒				
氏名		職業		年齢	
Eメール	※携帯には配信できません	新刊情報等のメール配信を 希望する・しない			

この本の感想を、編集部までお寄せいただけたらありがたく存じます。今後の企画の参考にさせていただきます。Eメールでも結構です。

いただいた「一〇〇字書評」は、新聞・雑誌等に紹介させていただくことがあります。その場合はお礼として特製図書カードを差し上げます。

前ページの原稿用紙に書評をお書きの上、切り取り、左記までお送り下さい。宛先の住所は不要です。

なお、ご記入いただいたお名前、ご住所等は、書評紹介の事前了解、謝礼のお届けのためだけに利用し、そのほかの目的のために利用することはありません。

〒一〇一－八七〇一
祥伝社文庫編集長　清水寿明
電話　〇三（三二六五）二〇八〇

祥伝社ホームページの「ブックレビュー」からも、書き込めます。
www.shodensha.co.jp/bookreview

祥伝社文庫

ほら吹《ふ》き茂平《もへい》　なくて七癖《ななくせ》あって四《し》十《じゆう》八癖《はつくせ》　新装版

令和 5 年 2 月 20 日　初版第 1 刷発行

著　者　宇江佐真理《うえざまり》

発行者　辻　浩明

発行所　祥伝社《しようでんしや》
東京都千代田区神田神保町 3-3
〒101-8701
電話　03（3265）2081（販売部）
電話　03（3265）2080（編集部）
電話　03（3265）3622（業務部）
www.shodensha.co.jp

印刷所　図書印刷
製本所　ナショナル製本
カバーフォーマットデザイン　中原達治

Printed in Japan ©2023, Kohei Ito　ISBN978-4-396-34871-7 C0193

祥伝社文庫の好評既刊

宮本昌孝
陣星《いくさぼし》、翔《か》ける
陣借り平助
織田信長に最も頼りにされ、かつ最も恐れられた漢《おとこ》――だが女に優しい平助は、女忍びに捕らえられ……。

宮本昌孝
ふたり道三㊤
戦国時代の定説に気高く挑んだ傑作誕生！　国盗りにすべてを懸けた、ふたりの斎藤道三。壮大稀有《けう》な大河巨編。

宮本昌孝
ふたり道三㊥
乱世の梟雄《きょうゆう》と呼ばれる誇り――止むことのない戦の世こそが己の勝機。いかに欺《あざむ》き、踏みつぶすかが漢《おとこ》の器量！

宮本昌孝
ふたり道三㊦
下剋上の末に美濃の覇者が摑《つか》んだ夢とは？　信長を、光秀を見出した男が見た未来や如何《いか》に――。堂々完結！

辻堂　魁
風の市兵衛
さすらいの渡り用人、唐木市兵衛《からきいちべえ》。心中事件に隠されていた奸計《かんけい》とは？　〝風の剣〟を振るう市兵衛に瞠目！

辻堂　魁
雷神　風の市兵衛②
豪商と名門大名の陰謀で、窮地に陥った内藤新宿の老舗。そこに〝算盤侍《そろばんざむらい》〟の唐木市兵衛が現われた。

祥伝社文庫の好評既刊

辻堂 魁
帰り船 風の市兵衛③
舞台は日本橋小網町《こあみ》の醬油問屋「広国《ひろくに》屋」。市兵衛は、店の番頭の背後にいる、古河《こが》藩の存在を摑むが――。

辻堂 魁
寒月に立つ 風の市兵衛 弐《に》㉙
跡継騒動に揺れる譜代の内偵中、弥陀ノ介が襲われた。怒りの市兵衛は探索を引継ぎ――。

辻堂 魁
斬雪《ざんせつ》 風の市兵衛 弐《に》㉚
藩の財政再建のため江戸に出た老中の幼馴染みが惨殺された。利権を貪り喰らう巨悪に、市兵衛、修羅と化す。

辻堂 魁
春風譜《しゅんぷうふ》 風の市兵衛 弐《に》㉛
利権争いの絶えない我孫子宿近在で、小春の兄が親戚ともども行方知れずに。市兵衛は探索を始めるが……。

辻堂 魁
はぐれ烏《がらす》 日暮し同心始末帖①
旗本生まれの町方同心・日暮龍平《ひぐれりゅうへい》。実は小野派一刀流の遣《つか》い手。北町奉行から凶悪強盗団の探索を命じられ……。

辻堂 魁
花ふぶき 日暮し同心始末帖②
柳原堤《やなぎわらづつみ》で物乞いと浪人が次々と斬殺された。探索を命じられた龍平は背後に見え隠れする旗本の影を追う！

祥伝社文庫　今月の新刊

原　宏一
うたかた姫
劇団員らは一攫千金を目論み、幻の脚本に沿って現実で一芝居打つことに。だが脚本のラストでは人が死ぬ？　予測不能の青春群像劇！

瀧羽麻子
あなたのご希望の条件は
転職エージェントの香澄。仕事に不満はないが不安がよぎることも。転職の相談に乗るうち、やがて自身の人生にも思いを巡らせ――。

友井　羊
無実の君が裁かれる理由
「とぼけてんじゃねえよ」ストーカーと断罪された僕。曖昧な記憶、作為と悪意。こうして罪は作られる！　青春×冤罪ミステリ！

小杉健治
もうひとつの評決
五対四で有罪。この判決は、本当に正しかったのか？　母娘殺害事件を巡り、六人の裁判員と三人の裁判官は究極の選択を迫られる！

宇江佐真理
ほら吹き茂平
なくて七癖あって四十八癖　新装版
嫁ぐ気のない我儘娘に対し〝ほら吹き茂平〟と渾名される大工の元棟梁が語ったのは……。真っ当に生きる人間の笑いと涙の人情小説集。